पसरती ठण्ड
(कहानी-संग्रह)

पसरती ठण्ड

डॉ. ़फतेह सिंह भाटी '़फतह'

ISBN : 978-93-84419-96-7

प्रकाशक :
हिन्द-युग्म
201 बी, पॉकेट ए, मयूर विहार फ़ेस-2, दिल्ली-110091
मो.- 9873734046, 9968755908

कला-निर्देशन : विजेंद्र एस विज

पहला संस्करण : 2018

Pasarati Thand

(A collection of short stories by *Dr. Fateh Singh Bhati 'Fatah'*)

Published By
Hind Yugm
201 B, Pocket A, Mayur Vihar Phase 2, Delhi-110091
Mob : 9873734046, 9968755908
Email : sampadak@hindyugm.com

Website : www.hindyugm.com

First Edition : 2018

<u>समर्पण</u>

पूज्य माँ के श्री चरणों में

युवावस्था में पिताजी के स्वर्गवास पर माँ और पिता दोनों की भूमिका निभाते हुए बच्चों को योग्य बनाया, सारा श्रेय पिताजी के नेक कार्यों या सहयोग करने वाले परिजनों को, हजारों कष्टों के बावजूद जीवन में कभी उफ्फ तक नहीं किया, परिवार से, बच्चों से, प्रभु से कोई शिकायत नहीं, कोई शिकवा नहीं।

भूमिका

समय रूपी दीवारों से लगने वाले भचीड़ (ठोकरों) के मंथन से निकले गरल और अमृत तत्त्व की कड़वाहट और मीठेपन को पीते जाना, उसे समझते जाना ही जीवन है।

भारत-पकिस्तान सीमा पर सुदूर तक फैला मरुस्थल, जहाँ तक नज़र जाए धवल धोरे ही धोरे, दूर तक कोई रुख (वृक्ष) देखने को आँखें तरस जाएँ। शीत ऋतु में ऐसी ठंड कि हड्डियाँ काँप जाएँ, ग्रीष्म ऋतु में ऐसी लू (शुष्क तपती हवाएँ) कि खुले में मुर्गा खड़ा कर दो तो तंदूरी चिकन बन जाए। मई-जून के महीनों में साँय-साँय कर चलती आँधियाँ तो ऐसी कि हमसफ़र को देखना, उससे बातें करना तो दूर, कोई कुआँ, खाई या गड्ढा हो तो स्वयं की सुरक्षा के लिए उसे देख पाना भी संभव नहीं, आँख खोलते ही समुद्र में आती लहरों की भाँति इस रेगिस्तानी समुद्र में बड़े वेग से उड़ते रजकणों की लहर से मुट्ठी भर रेत आकर पलकों से बनी टोकरी को भर जाती है।

गाँव से दस किलोमीटर दूर स्कूल, पहुँचने के लिए पदयात्रा ही साधन, एक मात्र बस जिसका स्कूल के साथ समय नहीं बैठ पाता और बैठ भी जाता था तो रोज़ के आने-जाने पर आठ आने ख़र्च, ऐसी अमीरी उस वक़्त के गाँवों में कल्पनातीत थी। हाड़ कँपाती ठिठुरन में अल सुबह जाना कष्टदायक होता तो ग्रीष्म की तपती दोपहरी में वापस आते समय दो बड़े धोरों के मध्य गुफा जिसे स्थानीय भाषा में नाण कहा जाता था उससे होकर निकलते हुए रास्ते में ऐसा अनुभव होता जैसे किसी जलती हुई भट्टी में धकेल दिया गया हो। एक यह दुनिया थी जहाँ कठिनाइयाँ, अभाव और निर्धनता थे इन सब के बावजूद लोगों में अपनापन और प्रेम था, संतुष्टि थी, जो जीवन को सुख और आनंद से भर देते थे।

बचपन के इन अनुभवों से रूबरू होते हुए, चिकित्सक बनने हेतु गाँव से शहर की यात्रा, एक ग्रामीण बालक को मेडिकल कॉलेज के शहरी भद्र लोगों द्वारा अछूत समझने का अनुभव पर जब आप धकिया कर बराबर की सीट पर बैठ ही जाते हो तो धीरे-धीरे किसी तरह स्वीकार कर लिया जाना। पहली बार हवा में

उड़ान भर कर किसी अंतरराष्ट्रीय हवाई अड्डे की चकाचौंध में एक और वर्ग, पैसे के मद में अंधे अहंकारी लोगों से रूबरू। उस चकाचौंध और लोगों को भूल जहाँ कांफ्रेंस होनी थी उस पाँच सितारा परिसर में दाख़िल हुए। संयोग से एक मात्र चिकित्सा विज्ञान ही ऐसा कोर्स है जहाँ पूरे विश्व में एक सिलेबस है, अंतर सिर्फ़ पढ़ने वालों में होता है, कौन कितना पढ़ता है, कितना ग्रहण करता है, कितनी गंभीरता से मरीजों को देखता, समझता है। उसके बावजूद भीतर जाने पर चिंतक कहे जाने वाले लोगों का एक वर्ग जो मेट्रो शहरों के पाँच सितारा अस्पतालों में कार्य करते हैं, वे अपनी सोफस्टीकेटेड अँग्रेज़ी में आपको चेतावनी देते हैं कि छोटे शहर से आने वाले आप निहायत ही अनपढ़-गँवार हैं। आप हमारे साथ चर्चा कैसे कर सकते हैं ? आप तो श्रद्धापूर्वक किसी बाबाजी को सुनते हैं वैसे हमें सुनते रहिए। धीरे-धीरे आप मुखर होने लगते हैं, आप अहसास करवाते हैं कि ठीक से कोट टाई पहनना नहीं आता होगा, पाँच सितारा के एटिकेट्स भी नहीं आते होंगे परंतु चिकित्सक के रूप में आप उन्नीस नहीं हैं तो वे इसे बेइज्ज़ती समझ स्वयं को अपने खोल में बंद करने लगते है, आपसे दूर होने लगते है। पहली के ठीक विपरीत यह दूसरी दुनिया है जहाँ संपन्नता है, असीमित सुख के साधन हैं फिर भी अधिकांश असंतुष्ट हैं, द्वेष और ईर्ष्या से भरे हैं, दूसरे को पछाड़ कर आगे निकलने की होड़ है।

दोनों अनुभवों से लगा जहाँ हम नहीं पहुँचे, जो हमारे लिए रहस्यमय है, वह हमें लुभाता है। हमें लगता है अभावों में जो जी रहे हैं वे दुखी हैं। जहाँ सुख के साधनों की कोई कमी नहीं वे सुखी हैं पर ऐसा है नहीं। जीवन एक कला है, सुख एक-दूसरे के प्रति अपनापन, प्रेम, समर्पण, त्याग, समझ से अनुभूत कर सकते हैं, साधनों से नहीं। इंसान सुख के साधन बढ़ाता जाता है और इस हद तक कि उसके जीवन का लक्ष्य ही पैसा हो जाता है, सारी ऊर्जा इसमें लगाकर अंतत: वह स्वयं को छला हुआ महसूस करता है। मेरी कहानियाँ इसी के इर्द-गिर्द घूमती हैं। बार-बार स्मरण करवाती हैं कि सुख के साधनों को इकट्ठा करने में या जो न मिला उसके पीछे भागते हुए ताउम्र दुखी होने के बजाय जो मिला है उसे प्रभु का प्रसाद मान कर आनंद से अनुभूत हो जाओ, यही जीवन का सुख है।

डॉ. फ़तेह सिंह भाटी 'फ़तह'

1 जनवरी 2018, जोधपुर

कहानी-क्रम

दो पेड़

पढ़ाई में व्यस्तता के कारण कोई दस वर्ष बाद मामा के साथ ननिहाल जा रहा था। दोपहर में टूटी-फूटी बस ने गाँव से कोई दो-तीन किलोमीटर दूर उतारा, वहाँ से हम दोनों पैदल चल पड़े। रेगिस्तान में दोपहर का समय, ऐसे में भगवान भास्कर की भृकुटी पूरी तनी हुई थी। प्रचण्ड गर्मी के बीच रास्ते में बड़े रेत के धोरे पर चढ़ते-चढ़ते साँसें फूलने लगीं, पसीने से नहा लिए तो थोड़ा विश्राम करने की सोची। पास में केर की झाड़ी ही थी, उससे थोड़ा सा भी दूर हो जाओ तो छाया नहीं, चिपक कर खड़े हो तो कुछ ठंडक मिलती पर तब उसके काँटें चुभते। इतने में थोड़ी दूरी पर खड़े दो खेजड़ी के पेड़ों ने मेरा ध्यान अपनी ओर खींचा। मैंने अपने जीवन में इतने गहरे खेजड़ी के पेड़ पहली बार देखे थे। मामा से कहा इन काँटों को छोड़ वहाँ चलो, दो घड़ी चैन से तो बैठेंगे।

मामा बोले उन पेड़ों के नज़दीक गलती से भी कभी मत जाना।

क्यों ऐसा क्या हो गया कोई ज़हरीले पेड़ हैं? लगते तो खेजड़ी के ही हैं।

हाँ खेजड़ी के ही हैं पर वहाँ जाने का अर्थ है स्वयं अपने लिए कुछ अनिष्ट को पालना।

क्या मतलब? मैं कुछ समझा नहीं।

मामा गला खंगारने के बाद दृष्टि को उन्हीं पेड़ों में गड़ाते हुए बोले कुछ

बरस पहले की बात है। गाँव का लड़का चंदा और उससे दो साल बड़ी लड़की चाँदनी। कद-काठी, रूप-सौन्दर्य ऐसा कि दोनों अपने नाम को चरितार्थ करते थे। दिन भर जंगल में दोनों अपनी बकरियाँ चराकर शाम के समय सड़क के उस पार तालाब से मवेशियों को पानी पिला फिर गाँव की तरफ़ चल पड़ते। उस समय तक सूर्यदेव अस्ताचल को चलने लगते थे। मारुत देव लोगों को जला-जला कर ठण्डे पड़ चुके होते थे, ऐसे में वे दो घड़ी इस धोरे पर बैठ कर सुस्ताते। कहने को सुस्ताते थे पर असल में एक दूसरे में खो जाते थे। चंदा अपनी बाँसुरी निकाल, सुर छेड़ता था और चाँदनी उसमें खो जाती थी। शाम के उस धुंधलके में राधा कृष्ण जीवित हो उठते थे। गाँव के सारे चरवाहे, किसान इधर से ही निकलते थे। किसी ने कभी उनकी देह को निकट आते नहीं देखा और मन को दूर होते नहीं देखा। सब देखते थे पर उनकी कोई हरकत किसी को कभी अंगुली उठाने का अवसर नहीं देती। सब कहते थे ऐसा निश्छल, निर्विकार प्रेम उन्होंने कभी नहीं देखा।

किस्मत और मौसम कब बदल जाए कोई नहीं कह सकता। ऐसा ही कुछ हुआ चंदा के पिता के साथ। दो समर्थ की लड़ाई में भाग्य ने उसको सरपंच बना दिया। बुद्धि तो थी ही भाग्य ने भी साथ दिया तो कुछ ही दिनों में परिवार के दिन फिरने लगे। अब चंदा भेड़ बकरियां छोड़ बड़ी गाड़ी में घूमने लगा। कार्य तो बदल लिया पर दिल नहीं बदल सका, उसमें चाँदनी के प्रेम की लौ वैसी ही जलती रही।

इधर चाँदनी भी सयानी होती जा रही थी तो पिता की नज़रें हमेशा अच्छे लड़के की खोज में लगी रहतीं। ऐसे में उसकी माँ ने सुझाव दिया आप सरपंच साहब से बात करके क्यों नहीं देखते? वे भी उन दोनों के प्यार के बारे में जानते हैं। दोनों बच्चे ख़ुश रहेंगे। लक्ष्मी जी की दया से पाँच-दस साल से उनके आर्थिक हालात बदल गए हैं पर जात की हैसियत बराबर ही नहीं आज भी थोड़ी ऊँची ही है हमारी। हालाँकि चाँदनी के पिताजी जानते थे कि पैसे के आगे जाति, गोत्र, अच्छा, बुरा, परिवार, खानदान सभी की कोई औकात नहीं है। उनका वहाँ जाना और बात करना निहायत बेवकूफ़ी भरा कार्य होगा पर पत्नी का मन रखने तथा दिल के किसी कोने में ये लालच कि बच्चे एक दूसरे से इतना प्रेम करते हैं, दंपति बन जाए तो सुखी रहेंगे, उनके कदमों को

स्वत: उधर ले गए।

सरपंच साहब घर के सामने जनता दरबार लगाए बैठे थे। चाँदनी के पिताजी भीड़ छँटने का इंतज़ार करते रहे। शायद सरपंच इस बात को भाँप गया था इसलिए एक दो बार नज़रें मिली भी तो उपेक्षित भाव दिखा कर अपने काम में लग जाता। भीड़ छँट जाने के बाद सरपंच के सामने हाथ जोड़ उसने आग्रह किया तो सरपंच बिफर पड़ा, औकात देखी है अपनी? ऐसी साज़िशों से पैसा नहीं मिलता। बेटी के सुख की, ऐश-ओ-आराम की इतनी ही चिंता है तो किसी के यहाँ डाका डाल दे, चोरी कर ले पर मुझे माफ़ कर भाई! बहुत मेहनत से कमाया है। ऐसे घर रिश्ता करूँगा जहाँ से इस धन में चार पैसे जुड़ते हो। बड़ी मेहनत से यहाँ तक पहुँचा हूँ। ऐसे भूखे नंगों से रिश्ता करूँगा तो मैं भी इनके जैसा हो जाऊंगा। वो उठा और क्षमा मांगते हुए चल दिया।

चन्दा को सब पता तो चल गया पर वह जानता था पिताजी के सामने मुँह खोलने की हिम्मत नहीं कर पाएगा। वैसे उन दोनों ने विवाह का न तो सोचा था और न ही कभी चर्चा की थी। उनके प्रेम में कोई शर्त न थी। उनका प्रेम तो कभी बकरियों के मिमियाने में अपने सुर मिलाता, कभी तालाब के पानी की छप-छप में तरंगित होता दिखता, कभी बाँसुरी के संगीत के माधुर्य में गुंजायमान हो उठता तो कभी अस्त होते सूर्य द्वारा आकाश में सिन्दूरी रंगों में दृष्टिगोचर होता। एक ऐसा प्रेम जिसे न तो रिश्तों से मतलब था और न ही देह से।

आख़िर वह समय आया जब शाश्वत प्रेम के रहते हुए देह को दूसरी राह पकड़नी पड़ी। सत्रहवें वर्ष में चाँदनी के पिताजी ने अपने जैसे गरीब परिवार में लड़का ढूँढ़ कर उसका विवाह संपन्न कर दिया। चन्दा तो अभी पन्द्रह वर्ष का ही था। उसके पिताजी सत्रह अठारह के बाद ही विवाह के पक्ष में थे और मोल भाव में भी काफ़ी समय लगाना चाहते थे ताकि बाद में पछताना ना पड़े।

इस विवाहोपरान्त दोनों के सम्बन्धों में कोई परिवर्तन नहीं आया क्योंकि वह निश्छल प्रेम तो एक दूसरे की तथा दोनों परिवारों की प्रसन्नता में प्रसन्न था। जिन्होंने न तो कभी एक दूसरे को स्पर्श किया और न ही दोनों देह के एकाकार होने के स्वप्न देखे ऐसे में सम्बन्धों में फ़र्क़ आता भी क्यों? इसलिए

चाँदनी जब भी पिता के घर आती उन दोनों का मिलना बदस्तूर जारी रहा। दोनों अपने अपने जीवन से ख़ुश थे।

होनी को कौन टाल सकता है? किसी की ख़ुशियों को ग्रहण पूछ कर थोड़े ही लगता है। कहते तो दयालु है पर उसे भी शायद मनुष्य की तरह किसी की ख़ुशी बर्दाश्त नहीं होती। ऐसी ही ईर्ष्या उस दयालु को चाँदनी से हुई। उसके इशारे से एक तेज आँधी आई और उसके सिंदूर को उड़ा ले गई। गरीब अवश्य था पर उसके जीवन में तो ख़ुशियों का खजाना उसी के होने से था। उस निर्मोही ने वह खजाना लूट लिया। चाँदनी विधवा हो गई। लोगों की नज़रों में वैसे ही गरीब की पत्नी सब की भाभी ऐसे में उसका सौन्दर्य और यौवन जिसे देखकर हर कोई मन ही मन ख़ुश होता है उसके लिए अभिशाप बन गए।

पति का साया उठने के बाद कपड़ों को बेधती भेड़ियों की नज़रों से बचने के लिए पिता के साए में उसने आश्रय लिया। हमेशा की तरह चंदा उसके घर मिलने गया। आज उसके पिता ने बाहर से ही यह कहकर लौटा दिया की अब वो विधवा हो चुकी है और अभी तो छ: महीने भी नहीं हुए हुए है, ऐसे में किसी से भी कैसे मिल सकती है? घर की देहरी तो दूर अपने कमरे की देहरी से बाहर, यहाँ तक की मेरे सामने भी नहीं आ सकती, यही सामाजिक दस्तूर है।

मना करने पर चंदा तो चला गया पर उसका मन वहीं अटका रहा। उस अँधेरे कमरे में जहाँ उसकी चाँदनी को ग्रहण लग गया था हमेशा के लिए। जहाँ से अब कभी कोई उम्मीद की किरण नहीं निकलनी थी। उसके आहत मन ने बहुत सोचा मन की अंधकार युक्त गुफा में कैसे कोई प्रकाश रश्मि पहुँचे। जितना अधिक सोचता उतना ही अधिक उलझता जाता। उसे लगता जितना वह चाँदनी को खाई से बाहर निकालने की कोशिश करता उससे कहीं ज्यादा समाज के रीती नीति नियम कायदे, अपने पिता और परिवार की इज़्ज़त के बारे में विचार, ये सब उसे गहरे कुएँ में धकेलते। इस सब के बावजूद महीनों के मंथन के बाद उसे समझ आया कि अगर वह चाँदनी की लाश को उस अँधेरे कमरे से बाहर नहीं निकालेगा तो अन्तर इतना ही होगा की उसकी लाश कमरे के भीतर बंद होगी और मेरी बाहर खुले में पर जीवन जीना खुशियाँ, चहचहाना, हँसना यह सब तो मेरे लिए भी संभव नहीं होगा।

चार महीने के मंथन में मन ही मन निर्णय लिया और चाँदनी के पिताजी से मिलने के लिए आग्रह किया। समाज के रीति-रिवाजों में लिपटा पिता का अन्तर्मन तैयार न था पर पिता के कलेजे से उठी हूक द्रवित होकर आँखों से निकली, उन पनीली आँखों ने बेटी के होंठों पर एक स्मित मुस्कराहट देखी तो चाहते हुए भी चन्दा को चाँदनी से मिलने से रोक नहीं पाए। बस इतना ही कहा बेटा किसी से कुछ भी ज़िक्र मत करना। घर के भीतर ले गए और चाँदनी की माँ के साथ कमरे के भीतर भेज दिया। कुछ देर के मौन के पश्चात महीनों बाद माँ ने भी पुनः अपनी लाड़ली की आवाज़ सुनी तो आँख भर आई। माँ बाप के सामने संतान का ऐसा हाल हो तो उनके दिल पर क्या बीतती है, वह शब्दों में बयाँ नहीं किया जा सकता, वह आँखों से बिखरती इन मोतियों की माला से अनुभूत ही किया जा सकता है। वातावरण और ग़मगीन न हो जाए इसलिए माँ चाय लाने का कहकर बाहर निकली और स्वयं को संभाला।

चंदा के लिए इतना समय बहुत था चाँदनी को समझाने के लिए कि वह उससे विवाह करना चाहता है। चाँदनी ने बहुत समझाया की अव्वल तो वह अब जीना ही नहीं चाहती ऊपर से किसी विधवा से विवाह? समाज तो क्या तुम्हारा और मेरा परिवार भी इसे स्वीकार नहीं करेगा। मेरी तो किस्मत ने धोखा दे दिया पर तुम स्वयं क्यों कुएँ में कूदना चाहते हो? परिवार में धन दौलत, ऐश्वर्य की कमी नहीं पिताजी का बड़ा नाम है ऐसे में हज़ारों लोग बेटी का हाथ लेकर तैयार बैठे हैं। बस तुम्हारी हाँ के इंतज़ार में। तुम हो की इस अभागन से हाथ मिलाना चाहते हो। ऐसा मत करो। मुझे लगता है मेरा दुर्भाग्य तुम्हें भी बर्बाद कर देगा।

इन सब बातों का चंदा पर न तो असर होना था और न हुआ। उसने इतनी सी बात कही पाँच दिन बाद अक्षय तृतीया है। रात तीन बजे आऊंगा या तो मेरे साथ चलना या फिर इसी कमरे में बैठे हुए अगले दिन मेरी मौत की ख़बर सुनना। अभी तक कुछ सामान्य हो चुकी चाँदनी पसीने से भीग गयीं, धड़कनें बढ़ गई, गला सूख गया, आँखों के सामने अँधेरा छाने लगा, ये कैसी मुसीबत में फंसना चाहते हो तुम? कहना चाह रही थी पर बोल नहीं निकल रहे थे, गला रुंध गया था। इतने में चाय लेकर माँ आ गई। चाय पीकर वह चला गया पर चाँदनी के मन में एक तूफ़ान मचा गया जिससे निकलने का कोई रास्ता

नहीं सूझ रहा था। न ओर मिल रहा था न छोर। वह भटकती रही रात और दिन, न नींद आती, न भूख लगती। कभी सोचती स्वयं को समाप्त कर लूँ फिर यह सोच कर सहम जाती उसने भी ऐसा कर लिया तो ?

इसी उधेड़बुन के बीच अक्षय तृतीया आ गई। सोना तो उसकी किस्मत में था नहीं, तीन बजे बाहर आहट हुई वह समझ गई। धीरे से दरवाजे की कुण्डी खोली और बाहर निकल गई। चंदा खड़ा था दोनों चल पड़े। कहाँ जाएंगे ? क्या होगा ? उसे कुछ पता नहीं। उसने तो हाथ आगे बढ़ा दिया और चन्दा ने पकड़ लिया। जिसे दिल से चाहा, मन में जो दिनों या महीनों नहीं वर्षों तक बसा रहा उसका स्पर्श कैसा होता है आज पहली बार महसूस किया। सच्चे प्यार के स्पर्श का ही परिणाम था की अब भी अनजान राह पर चल रहे थे, जानती थी तलवार की धार पर चलना है फिर भी कई दिनों से उठ रहा वह तूफ़ान अचानक से शान्त हो गया, किंचित भी हलचल नहीं, चिन्ता नहीं।

नि:शब्द रात्रि और उनके मध्य भी किसी तरह के शब्दों का आदान प्रदान नहीं हुआ। बीच-बीच में झींगुरों की आवाज़ सामान्य अवस्था में जिसे हम सुन भी नहीं पाते आज किसी युद्ध के सायरन जैसा आभास देती। उसी ऊँचे धवल धोरे पर पहुँचे जिस पर बकरियाँ चरा कर वापस लौटते हुए घंटों बतियाते थे। इसी जगह उनके दिलों में प्रेम के पौधे का बीजारोपण हुआ। यहीं पर उस पौधे में कोमल कोंपलें फूटीं और फिर उसने ऊंचाई पाई। उसके बाद न तो सूखा न बढ़ा, उसी स्थिति में अटक गया था। आज उसी पौधे को वृक्ष का स्वरुप देने की तैयारी हो रही थी।

चंदा ने कुछ सूखी लकड़ियाँ इकट्ठी की। जेब से माचिस निकली और अग्नि देव को साक्षी बनाया। दोनों ने मिल कर अक्षय तृतीया के चन्द्रमा और तारों भरे आकाश की उपस्थिति में सप्तपदी की रस्म पूरी की। सुबह होते होते एक झोंपड़ा भी बना दिया गया। वे दोनों तो भीतर बैठ गए पर बाहर सूर्य के प्रकाश के साथ, प्रकाश के वेग से ही यह समाचार दौड़ने लगा। घरों के भीतर जहाँ प्रकाश अभी तक नहीं पहुंचा था पर चाय की चुस्कियों के साथ लोगों की जीभ पर यह बात पहुँच चुकी थी। सरपंच साहब के बेटे चंदा ने विधवा चाँदनी से विवाह कर लिया। नाक कट चुकी थी केवल सरपंच ही नहीं चाँदनी के परिवार वालों की भी और पूरे समाज की। मन ही मन सरपंच से कुढ़ने

वालों को इससे बेहतर अवसर कभी मिल नहीं सकता था।

वही धर्म, वही जाति, उन दोनों का विवाह हो सकता था। पर अब वह विधवा है, जिसे ईश्वर ने दण्ड दिया है वह फिर से विवाह का सोच भी कैसे सकती है? समाज की बैठक आहूत की गई। सरपंच मुँह छुपाकर गायब हो गया। विरोधियों ने इशारों ही इशारों में निर्णय तो कर लिया था पर जब तक सामने सरपंच नहीं आए, उसको बेइज़्ज़त कर के समाज से बाहर न किया जाए तब तक के लिए चुप रहना बेहतर समझा। तय हुआ, सरपंच को ढूँढ कर कल सामने लाया जाएगा फिर निर्णय सुनाएंगे। इसके साथ ही बैठक समाप्त हो गई।

अगले दिन सूर्योदय से पूर्व कुछ लोगों ने देखा उस झोंपड़ी से आग की लपटें निकल रही है। लोग दौड़ कर पहुँचे पर तब तक झोंपड़े के साथ चंदा और चाँदनी भी राख में तब्दील हो चुके थे। उन दो प्रेमियों के अरमान और जीवन तो राख हुए ही थे, कुछ निश्छल लोगों ने देखा समाज के ठेकेदारों के अरमानों और सरपंच की नाक की राख भी उसमें मिली थी।

सच क्या था? कोई नहीं जानता। कुछ लोग कहते हैं सरपंच ने नाक बचाने के लिए आग लगवा दी तो कुछ कहते है उसके विरोधियों ने अवसर का लाभ उठाते हुए ऐसा किया और इलज़ाम सरपंच के सिर मढ़ दिया। कारण कुछ भी रहा हो चंदा और चाँदनी का प्रेम, दो ज़िंदगियाँ जिनके कुछ अरमान थे, कुछ साँसें बाकी थी, वो स्वाहा कर दी गयी थीं। चंदा ने शायद ठीक कहा था मेरा दुर्भाग्य तुम्हें भी बर्बाद कर देगा।

कुछ समय बाद जब पहली बारिश हुई तो धोरा हरियाली से आच्छादित हुआ तभी लोगों ने देखा उस राख में से भी दो बीजों का प्रस्फुटन हुआ और देखते ही देखते कुछ वर्षों में पेड़ बन गए। इस उजाड़ रेगिस्तान में बूढ़ी या जवान किसी आँख ने आज तक ऐसे गहरे खेजड़ी के पेड़ नहीं देखे। इस घटना को अंजाम देने वाले दुष्टों के साथ सच में कोई अनहोनी हुई या अपने किए दुष्कर्मों ने उन्हें भयाक्रांत किया, राम जाने परन्तु उन्होंने कहना शुरू कर दिया वहाँ जो भी जाता है उसका अहित होता है, उस पर विपत्ति आती है। तब से आज तक अपने अहित के भय से कोई हिम्मत नहीं जुटा पाया है उनकी गहरी छाँव में जाने की।

झलक-1

उसे रह रह कर अपनी ज़िन्दगी पर कोफ़्त हो रही थी। ज़िन्दगी से ज्यादा माँ बाप पर। कैसे हैं ये लोग मुझे कुछ करने ही नहीं देते। पैदा होने से पहले पिताजी ने घर बना लिया। बड़ा हुआ तो उठने से पहले माँ बेड टी के साथ जगाती। फिर नाश्ता, खाना सब समय पर ही नहीं, समय से पहले ठूँसने को तैयार रहती। माँ अन्त:वस्त्र तक नहीं धोने देती लोक लाज, समाज की बात बीच नहीं आए तो आज बीस साल की उम्र में नहलाए भी अपने हाथ से। सारे मित्र कॉलेज बाइक या सिटी बस से जाते हैं। कुछेक जब गर्ल फ्रेंड को बाइक पर घुमाते तो उसे लगता उसका जीवन तो निरर्थक हो गया है। उसके खूसट बाप ने दुर्घटनाओं को देखते हुए बाइक के लिए साफ़ इनकार कर दिया था। कार से कॉलेज आता, वो भी ड्राइवर छोड़ने व लेने आता। बड़ी मुश्किल से उसने कार से अकेले जाने की आज्ञा प्राप्त की थी पर उसे लगा इससे कोई फ़ायदा नहीं हुआ। कॉलेज में कार से उतरते हुए ऐसा लगता जैसे कोई बूढ़ा प्रोफेसर उतर रहा हो। बाइक पर स्टाइल से बैठा हो तो पीछे कोई गर्ल फ्रेंड भी बैठे पर यहाँ तो बाल तक छोटे या लम्बे कटवाने हैं, जुल्फें कैसी होगी सब पिताजी तय करते, ऐसे में स्टाइल का सोचना ही बेमानी है। कार की भी आज्ञा मिली तो तब जब क्लास की लड़कियां अपने लिए एक बाइक वाला चुन चुकी थी। जो बच गई थी वो ऐसी थी की पीछे बैठना तो दूर गलती से किसी का हाथ भी लग जाए तो घर जाकर गंगा जल से नहाती। मम्मी मना कर देती

तो शायद साँस भी वापस घर जाकर लेती। धीरे धीरे उसके भीतर उठने वाला लावा ज्वालामुखी बनने को तत्पर हो रहा था। यह क्या बात हुई कि ज़िन्दगी मेरी और चलाए माँ बाप!

कॉलेज पूरी हो गई थी और पिताजी ने मित्रों के सहयोग और तिकड़म से नौकरी भी लगवा दी। नौकरी भी उनकी इच्छ से, अब उसका गुस्सा सातवें आसमान पर था। उसने तय कर लिया वह क्रान्तिकारी बनेगा, विद्रोह का बिगुल बजाएगा। फिर विचार आया अब विद्रोह को बचा ही क्या है? दूसरे ही क्षण उसे याद आया अभी तो एक बहुत बड़ा कार्य बचा है, विवाह। वह अपनी इच्छ से करेगा। इस बार वह पिताजी को पटखनी देगा, कुछ भी हो जाए उनकी एक नहीं सुनेगा।

उसने मन ही मन तय तो कर लिया की वह विवाह न केवल अपनी पसन्द की लड़की से बल्कि उससे ही करेगा जिससे वह प्यार करेगा। वह कितने ही जोड़ों को जानता था जिन्होंने प्रेमविवाह किया था। पड़ोस में रहने वाले शर्मा अंकल को ही देख लो कितने ख़ुश हैं दोनों, एक दूसरे के लिए जान देने को तैयार। मेरा सहकर्मी अरोड़ा रोज़ कितनी फोटोज अपलोड करता है एक दूसरे के बाँहों में बाँहें डाले। हर वर्ष छुट्टियों में किसी नई जगह घूमने जाना। विवाह को इतने वर्ष हो गए पर उनके प्यार में कोई कमी नहीं आई। दूसरी तरफ़ मेरे माँ और पिताजी है, सुबह चाय का कप पकड़ाने, दोपहर और रात को भोजन की थाली पकड़ाने के अलावा ऐसा लगता है कभी गलती से एक दूसरे को स्पर्श भी कर लिया तो बिजली के तारों की भान्ति चिंगारियाँ निकलने लग जाएंगी। उसने घर में पड़ा पुराना ऐलबम निकाला सारे फोटोज में या तो वह बीच में था या फिर नहीं था तो दोनों एकदम सीधे बैठे हुए घुटनों पर रखे हाथ मुट्ठियाँ बन्द ऐसी सावधान की मुद्रा में जैसे सामने कोई बंदूक ताने खड़ा हो। दूसरी तरफ़ उसने फेसबुक खोल कर अरोड़ा के .फ़ोटो देखे कभी एक की गोद में दूसरे का सिर रखा हुआ, अँगुलियों से कंघी कर रहे हैं, कभी बाँहों में बाहें डाले समुद्र किनारे बिकनी में तो कभी एक दूसरे का चुम्बन लेते हुए या फिर लिप-लॉक किए हुए। उसके चेहरे पर वितृष्णा भरी मुस्कराहट .फैल गई, मन ही मन में बोला माँ पिताजी ने तो व्यर्थ में समय काटा है जीवन थोड़े ही जिया। वह जितना सोचता जाता उसे लगता जीवन साथी इच्छ से चुनना

चाहिए और जीवन भी स्वेच्छा से जीना चाहिए। चेहरे पर घृणा का भाव उभर आया, कैसा आदमी हूँ मैं? जिंदगी के कितने वर्ष व्यर्थ गँवा दिए? दूसरों की इच्छा से जिया। अब दृढ़ निश्चय कर लिया की सिर्फ़ और सिर्फ़ अपनी इच्छा से जिएगा, जो मन में आया करेगा, बहुत कर ली गुलामी अब एक पल भी बर्दाश्त नहीं करेगा।

निर्णय तो कर लिया। अब समस्या यह थी की प्यार के लिए एक अदद लड़की कहाँ ढूंढी जाए? कॉलेज की पढ़ाई के साथ तो संभावनाएं काफ़ी अच्छी होती है पर पास हो जाने के बाद बड़ा दुरूह कार्य हो जाता है। मन का संकल्प था इसलिए इतनी आसानी से हार माननी ठीक नहीं। उसने तय किया कि दोपहर में कॉलेज की छुट्टी होने पर ऑफिस के बीच से रोज़ एक बार वह चक्कर लगा आएगा। शिव भक्त था तो मन्दिर जाता, उनसे भी मांगता, साथ ही शिवजी से वर मांगने आने वालियों पर भी पूरी नज़र रखता।

आख़िर नीलग्रीव ने पुकार सुनी या उसकी मेहनत रंग लायी, कारण जो भी हो कॉलेज की एक ख़ूबसूरत बाला उसकी कार की बाईं सीट को कृतार्थ करने लगी। शुरू में एक के बाद एक करके दो प्रेमी आए, अपने साथ हुए धोखे की कहानी सुनाई और उससे दूर रहने की सलाह दी। उनकी कहानियों में सचाई कम और प्रेम में असफल दिलजलों का दर्द अधिक लगा। लगा जैसे उसके सफल होने पर प्रतियोगिता से बाहर होने को वे पचा नहीं पा रहे थे। कारण कुछ भी हो उसके दिल ने साफ़ कर दिया की वह किसी भी परिस्थिति में उस रूपसी को छोड़ने को राजी नहीं है। उसे पाने को कितनी मेहनत करनी पड़ी है वही जानता है।

समय के साथ बादलों की भान्ति पुराने प्रेमी छँटते गए और उनका प्यार परवान चढ़ता गया। अब उन दोनों को लगने लगा था कि एक दूसरे के बिना नहीं रह सकते। ऑफिस से रोज़ नियत समय पर गायब रहने से सहकर्मियों में शक का बीजारोपण हो गया था। कुछ प्रेम के दुश्मनों ने अपना समय और ईंधन खर्च करके दिन रात के अथक प्रयासों से सब पता भी कर लिया। सारी बात उसके पिताजी के जानकार उन अधिकारी तक पहुँचाई गई, इस आशा में की बात उनके कानों से होते हुए पिताजी के कानों तक पहुंचेगी, तब उसे ये सब छोड़ना पड़ेगा तो उनके कलेजे को ठंडक पहुंचेगी। बात पिताजी तक पहुंची

भी पर उनके कलेजे को राहत नहीं मिली क्योंकि पिताजी को उनकी बातों पर विश्वास नहीं हुआ। पायजामा कुर्ता कैसा पहनना है या बाल कैसे कटवाने हैं? यह भी उनकी आज्ञानुसार करने वाला बेटा प्यार उनको पूछे बिना कैसे कर सकता है? सच भी हो तो वे तुरन्त प्रतिक्रिया नहीं देना चाहते थे, हां उन्होंने उसकी माँ के कानों में यह बात अवश्य पहुँचा दी।

पिताजी कौनसी मिट्टी के बने थे वे ही जाने पर माँ की मिट्टी कमज़ोर थी, सुनते ही बिखरने लगी। पिताजी न सँभालते तो चक्कर से गिरने पर सिर या हाथ पाँव कुछ तो टूट ही जाता। सर्दियों में भी तेज पंखा चलाया तब कहीं जाकर उसका पसीना सूखा। पहली बार फ्रीज़ से निकली बोतल का पानी पिया और वो भी एक साँस में पूरा गटक गयी। आज पहली बार उसे लगा ताउम्र जितना रूखा वो पति को समझते आ रही थी वैसे हैं नहीं। दिखते भले ही सख़्त है पर चिन्ता बहुत करते है उसकी। उनकी उद्विग्नता से लगा आज उसे कुछ हो जाता तो शायद वे भी... हे भगवान! ऐसे बुरे ख़याल क्यों आ रहे है? सब शुभ करना। हमें कुछ हो गया तो इकलौते बेटे का क्या होगा? ऐसे सोचते सोचते कब नींद आयी पता ही नहीं चला। आधी रात को आँख खुली तो पता चला पत्थर से सख़्त दिखने वाले पति आँखें फाड़े बैठे है। माँ की रक्तवर्णी आँखों से निकलने वाले आंसुओं से न सिर्फ़ उनका चेहरा बल्कि स्वयं के केश भी पूरे भीग चुके थे।

वो उठ कर बैठी तो बच्चे की भान्ति लिपट कर रोने लगे अगर यह सच हुआ तो? वे लोग कह रहे थे बात विवाह तक जा पहुंची है। मैं समाज में क्या मुँह दिखाऊंगा? साठ साल की मेहनत से लोगों में जो इज़्ज़त बनाई थी क्या हवा के एक झोंके के साथ खुशबू की तरह उड़ जाएगी? ऐसी बेइज़्ज़त ज़िन्दगी जीने से तो मर जाना बेहतर है। अनाज वगैरह के लिए ज़हर रखा हुआ है या नहीं?

आप भी कैसी बातें करने लगे? सुबह तो होने दो बेटे से बात करुँगी, ऐसा कुछ नहीं होगा। लोगों की बातों पर यकीन करके आप व्यर्थ ही स्वयं को दुखी कर रहे हैं। दुःख में व्यक्ति कितना निराश हो जाता है? ऐसे में जानता है आश्वासन झूठा है, तब भी वह सुकून का अनुभव करता है, कुछ देर उस पर विश्वास कर लेना चाहता है। पत्नी के आश्वासन से उन्हें कुछ राहत मिली रात

के चौथे प्रहर में दोनों पलकों ने एक दूसरी का साथ निभाया। पति सोए पर अब पत्नी के मन में एक ख़याल आए और दूसरा जाए। भला बिना आग के धुआं कहीं उठता है? इस एक विचार ने ही उसे भीतर तक खोखला कर दिया, लगा जैसे देह से प्राण निकल गए हो।

सुबह हर रोज़ के जैसी ही थी पर उन दोनों को लगा जैसे आज सूरज की रोशनी बीस वाट के बल्ब जितनी कम हो गई थी। चारों तरफ़ अँधेरा ही अँधेरा। माँ धीरज नहीं रख पाई। सुबह की चाय का कप रखते हुए ही बेटे से पूछ लिया। बात सच थी और इरादा भी पक्का कि वे विवाह तो करके रहेंगे। माँ ने खूब समझाया पिता, परिवार की इज़्ज़त यहाँ तक की इस सदमे से पिताजी को कुछ होने या फिर आत्महत्या जैसा कदम उठाने की सम्भावना भी। कुछ तो ख़याल कर बेटा। अकाट्य तर्क, अनेक भावनाओं, संवेदनाओं से लिपटे शब्द पर कोई भी उसके दिमाग में स्वयं की ज़िन्दगी जीने के भूत को निकाल नहीं पाया। बाप बेटे की बोलचाल बन्द, आमने सामने टकरा भी जाते तो नज़रें नीची कर बिना एक दूसरे को देखे चुप चाप निकल जाते। सदैव की भान्ति माँ दोनों के बीच मध्यस्थ जिसे दोनों विरोधी शक की नज़रों से देखते हैं। एक दिन, दो दिन...सप्ताह और फिर महिना निकल गया।

बेटे से हार कर माँ ने पति का दामन थामा, बोली अब आप ही कुछ झुक जाइए एक ही बेटा है।

माँ हो ना आख़िर बेटे का पक्ष लेना ही था, ठीक है तेरी इच्छा है तो मैं ही झुक जाता हूँ। ज़हर लाकर दे दो फिर तुम और तुम्हारा बेटा बहु आराम से रहना।

मेरे आराम की इतनी ही चिन्ता है तो एक पुड़िया मुझे भी दे दें। आप सोचते हो जैसे मैंने उसे सिखाया हो, वो सोचता है मैं आपको मना नहीं रही हूँ। अब ऐसे में मैं कहाँ जाऊं?

पति की पलकों में अटके आँसू मुक्त हुए तो लुढ़क कर मूँछों में फंस गए। वहाँ से रिसते हुए होठों तक पहुंचे, जिह्वा से स्पर्श होते ही महसूस हुआ जीवन में कितना खारापन है। मैंने क्या गलती की? ज़िन्दगी भर जितना हो सका अच्छा ही किया फिर भी ऐसे कड़वे घूँट। लोग लम्बी उम्र की दुआएँ मांगते हैं पर इन दिनों में ख़ितनी ही बार मैंने भगवान से मौत मांगी है। हारे की

हरि भी नहीं सुनता। ऐसे में बुढ़िया की बात सुनने में ही सार लगा, हार मान लेने में ही जीत लगी।

माँ बेटे को बुला लायी। पिताजी ने पूछा उसके माँ बाप को तो पता है या उन्हें भी हमारी तरह लोग बताएँगे?

उसने भी नहीं बताया और बताएगी भी नहीं। वो कहती है उसका बाप तो राक्षस है, विवाह के लिए हाँ करना तो दूर, पता लगते ही मार डालेगा।

बाप कुछ नहीं बोला, बूढ़ी आँखों ने दुनिया देखी थी। सैकड़ों हत्या करने वाले के सामने भी अपनी सन्तान को खड़ा कर दो तो हाथ काँपने लगते है पर बिना सोचे समझे कितनी आसानी से बेटी ने बाप को राक्षस कह दिया था।

ठीक है, वो सिर पर हाथ रख बोले, जैसी तुम्हारी इच्छा पर मुझे उनके बारे में कुछ जानकारी देना चाहोगे? थोड़ा विश्वास और प्रेम पाकर बेटे ने लड़की और उसके पेरेंट्स के बारे में जितना वह जानता था, बता दिया। पति पत्नी दोनों ने सलाह करके लड़की के पिता को बताना उचित समझा। यह सोचकर की माँ बाप पर क्या गुज़रेगी जब अचानक पता लगेगा कि उनकी बेटी ने किसी के साथ शादी कर ली। हो सकता है कई दिनों या महीनों तक यह भी पता नहीं लगे कि वह गई कहाँ? ज़िन्दा भी है या नहीं? है तो किस हाल में? किसके हाथों में है? ऐसे में कोई माँ बाप कैसे जी पाएँगे? या फिर इस लालच में कि सच में वह इतना ही दुष्ट है तो वह इस विवाह को रुकवा ही लेगा। मन में क्या था, सोचने वाला ही जाने पर बेटे को समझा कर लड़की के पिताजी को फ़ोन कर दिया।

लड़की के पिताजी बाहर बैठक के कमरे में मित्रों के साथ बैठे थे। तभी फ़ोन की घंटी बजी। फ़ोन उठाते ही सामने वाले शख्स ने अपना परिचय दिया और बिना किसी भूमिका के स्पष्ट बात बता दी कि आपकी बेटी मेरे बेटे के साथ विवाह करना चाहती है और वह भी आपको बिना बताए। मुझे पता लग गया इसलिए मेरा फ़र्ज़ था आपको बताना, मैंने अपने पूरे प्रयास कर लिए हैं ये रुकने को तैयार नहीं है आप जो भी कर सकते है कर लें फिर अचानक से कभी घर से गायब हो जाए या कुछ ऊंच-नीच हो जाए तो हमें मत कहना। उधर से फ़ोन कट गया।

सख़्त समझा जाने वाला वह व्यक्ति पसीने से भीग गया, गला सूख गया,

आवाज़ गले में रुंध गई, आँखों के सामने अँधेरा छा गया। चेहरे पर हवाइयाँ उड़ते देख मित्रों को समझ नहीं आया की हुआ क्या ? अचानक सामने वाले ने .फोन पर क्या कहा होगा ? ऐसे अवसरों पर ही असली रिश्तों का पता लगता है। कहने को खास मित्र थे पर पूछ कर थक गए एक शब्द भी नहीं उगला उनके सामने। अवसर की नज़ाकत समझते हुए मित्रों ने विदाई लेना उचित समझा। मित्रों के जाने पर बात पत्नी को बताई तब तक बेटी को सूचना मिल चुकी थी। पत्नी नौकरों की सहायता से सोफे से उठाकर बेडरूम तक ले गई। अवसर आने पर व्यक्ति के गुण, दोष, भावनाओं संवेदनाओं की परख होती है। कठोर समझे जाने वाले बाप की ये हालत कि लाश की भाँती उठाना पड़ रहा था और नाजुक व मासूम समझी जाने वाली बेटी के चेहरे पर पिता की इस स्थिति के बावजूद शिकन तक नहीं। उल्टा उसने तो .फोन आने पर लड़के को कह और दिया कि सम्भव तो आज और अभी इस स्थिति का .फायदा उठाना चाहिए जब सब लोगों का ध्यान उनकी तर.फ है। जिस तरह से सीने में दर्द बता रहे है हो सकता अस्पताल ले जाना पड़े ऐसे में इससे बेहतर अवसर कभी नहीं मिलेगा। शायद लड़के में थोड़ी बहुत संवेदनाएँ बची थीं। उसने पूछा ऐसे में तुम्हारे पिताजी की मृत्यु हो गयी तो ? वह बड़े आराम से बोली तो क्या, उन्होंने अपनी ज़िन्दगी जी ली है। वैसे भी आया है वह तो जाएगा इसमें इतना सोचने की क्या बात है हम मर्डर थोड़े ही कर रहे है। हमेशा मासूमियत भरी, प्यार की बातें करने वाली प्रेमिका के इस रूप की झलक पहली बार मिल रही थी पर अब लड़का निरुत्तर हो गया था। उसके पास कोशिश करता हूँ कहने के सिवाय कुछ नहीं बचा था।

झलक-2

पिताजी जिनके साथ बैठे थे उन्हें बहुत निकट का मित्र समझते थे फिर भी यह सोच कर चुप्पी साध ली कि परिवार की ऐसी निजी बातें निकट परिजनों यथा पत्नी, माँ, बाप, भाई, बहन और बच्चों के सिवाय किसी से शेयर नहीं करनी चाहिए परन्तु शाम होते होते वे सभी मित्र सांत्वना देने आ गए थे। घबराने की कोई बात नहीं, जवान खून है ऐसा हो जाता है, समझाएंगे तो सब ठीक हो जाएगा। लड़का लड़की अचानक से भाग कर विवाह न कर ले इसलिए सुरक्षा की दृष्टि से किसी ने कहा कुछ दिनों तक उसके फार्म हाउस पर तो किसी ने दूसरे शहर के उसके मकान पर रुकने की सलाह दी। उनके मन को तो बड़ा प्रश्न कचोट रहा था वो यह कि जिन्हें बताना नहीं चाह रहे थे उन्हें बताया किसने?

बहुत सोच-विचार के बाद भी उत्तर नहीं मिला तब एकान्त में पत्नी से पूछा। वो बोली आख़िर इतनी गम्भीर समस्या से अकेले कब तक और कैसे लड़ते? अपना और है ही कौन? वैसे भी रात बिरात दु:ख सुख में आज दिन तक ये लोग ही तो काम आए हैं। इनसे क्या छुपाना?

मन भूतकाल में भटक गया। क्या कुछ नहीं था उसके पास? भरा पूरा परिवार, माँ, बाप, भाई, भतीजे। वह उनके लिए और वे सब उसके लिए जान न्योछावर करते थे। विवाह के पश्चात धीरे धीरे सब दूर होते गए। हालाँकि उसकी हैसियत के कारण रिश्ते तो रहे पर वो दिल के रिश्ते नहीं रहे कि जिसमें

जो मन में आया वैसे का वैसे एक दूसरे के सामने रख दिया जाए। तह तक गया तो ऐसा होने का कारण थी पत्नी।

भूत की और गहराई में उतरता गया तो उसे समझ आया कि फिर मित्रों का आना जाना बढ़ा और उनकी हर वो बात जो उसे स्वीकार नहीं होती थी, धीरे धीरे पत्नी हाँ करवा ही लेती थी। आर्थिक सुदृढ़ता के लिए साझेदारी से प्रारंभ हुए ये रिश्ते गहन मित्रता में कब बदल गए पता ही नहीं लगा। हालाँकि इतनी गहराई में उसने न कभी सोचा और न ही मित्रों या पत्नी पर अविश्वास किया कि ऐसा कुछ सोचा जाए पर आज यह जानते हुए भी कि वह इस बात को उन्हें नहीं बताना चाहता था फिर भी पत्नी ने उन्हें बता दी, वह भी उससे बिना पूछे या सलाह किए। अब उसे यह भी स्मरण हो आया कि कितनी ही बार बिना फ़ोन किए किसी न किसी काम से उसके ये मित्र घर पहुँचते थे वो भी ऐसे समय जब उसके दुकान पर होने का समय होता। ऐसी अनेक बातें स्मरण हो आईं जिन्होंने मन में संशय की मज़बूत दीवार खड़ी कर दी।

उसे लगा जैसे वह किसी ख़ूबसूरत उपवन के किनारे बन्द नाले के ऊपर खड़ा है। पेड़ों की गहरी छाया है, फूलों की सुगन्ध से लदी हुई शीतल पवन उसे मदहोश किए जा रही थी। अचानक से भरभराकर दो-चार पटि्टयाँ टूट गईं। नाले में बहता हुआ कीचड़, मल, मूत्र सब दिखने लगे। उस बदबू से साँस लेना भी दूभर हो रहा था पर जीने के लिए तत्काल उसे कुछ नहीं सूझ रहा था। एक समस्या ही विकराल थी, ऊपर से संशय की दीवार का ये वज्रपात। मन ही मन भगवान से प्रार्थना की कि सीने में उठ रहा दर्द और बढ़ा दे तो सारे दर्द से मुक्ति मिल जाए। अब जीने की कोई लालसा नहीं बची थी। शायद भगवान उसकी बात सुनता जा रहा था। तभी तो सीने का दर्द बढ़ता जा रहा था। उसने निर्णय किया वह किसी को नहीं बताएगा कि दर्द हो रहा है ताकि रोज़ाना के दर्द से मुक्त हो सके।

वह बिना बोले सहता गया पर आख़िर दर्द इतना बढ़ गया की उसके न चाहते हुए भी कराह निकल गई। उसके बाद क्या हुआ उसे नहीं पता। उसे लगा आख़िर वह नई दुनिया में पहुँच ही गया। यहाँ तो सुख ही सुख है कोई दुःख नहीं, दर्द नहीं। कोई बोलता नहीं, चिल्लाता नहीं, सब मौन, बस धीमे से बजता हुआ मधुर संगीत। बिना किसी अहसान के काम करते लोग। काम भी

ऐसा की उसके हलके से इशारे पर दौड़े चले आते। ठीक उसे याद नहीं कितने दिन हो गए पर हां कई दिन हुए हैं। वह उसी दुनिया में होता तो कोई तो अपना मिलने आता, पत्नी, मित्र या फिर परिवार के अन्य लोग, दिल की बात करने न सही किसी काम से ही पर आते तो जरुर। उसकी बेटी कितनी ही नाराज़ हो पर वह इस गोद में खेली, इन कन्धों पर सवारी की, इन हाथों ने खिलाया पिलाया, कुछ तो उसे याद हो आता, ऐसे में अकेला कैसे छोड़ती मुझे? वो ज़रूर आती। निश्चित ही यह कोई और दुनिया है।

अचानक से उसे धुँधली सी आकृति दिखी। ऐसा लगा जैसे इस चेहरे को कहीं देखा है। अरे! ये तो भाई है। बीस साल हो गए दुबई गए हुए। हम दोनों ने व्यापार साथ ही तो शुरू किया था। बाद में जब परेशानी होने लगी तो मैं यही रह गया और यह दुबई चला गया था। फ़ोन पर बात हो जाती थी पर मिलना पाँच साल में मुश्किल से एक बार ही हो पाता। मेरे कुछ पूछने से पहले ही भाई ने बता दिया। भाभी का फ़ोन आया था सारी बात बता दी थी। उनका यहाँ रहना उचित नहीं था। बेटी किसी भी समय उस लड़के के साथ गायब हो जाती, इसलिए तुम्हें यहाँ अस्पताल के सी.सी.यू. में भर्ती करवा कर वो बिटिया को तुम्हारे दो मित्रों के साथ लेकर उनके पुणे में कोई फार्म हाउस है वहाँ चली गई।

एक पल के लिए मन ने धिक्कारा, ऐसे समय में भी कितनी हिम्मत रखी उसने, क्या कुछ नहीं किया उसने परिवार के लिए और मैं बुरा भला सोचते हुए अस्पताल में पड़ा रहा। अच्छा हुआ जो बच गया वरना उस बेचारी का क्या होता? मेरे सिवाय उसका है ही कौन? इतने में नर्स आई और भाई को बोला मिलने का समय पूरा हो गया बाहर जाओ।

अब समझ में आ गया था कि मैं इसी दुनिया में हूँ। अगले दिन शाम को पाँच बजने का इंतज़ार था। उस समय दो मिनट के लिए भाई मिलने आएगा। पत्नी और बेटी के कोई समाचार भी ले आएगा। क्या पता बाप मृत्यु शैया पर है ऐसा सुन कर बेटी का हृदय परिवर्तन हो गया हो। पांच बजे, कोई मिलने तो आया पर भाई नहीं पत्नी। अब ये क्या? अकेली लड़की को छोड़कर यहाँ क्यों? किसलिए? मेरे लिए तो भाई था ना। नहीं भी होता, कुछ हो भी जाता तो कोई बात नहीं। उसके साथ अकेले में कुछ दुर्घटना हो गयी तो?

प्रश्न अनेक उठ रहे थे पर आते ही उसने होंठों पर अंगुली रख कह दिया कि डॉक्टर ने बोलने के लिए मना किया है। बिना किसी भूमिका के बोली किस्मत ही खोटी हो तो कितने भी प्रयास कर लो कुछ नहीं हो सकता। बहुत मेहनत से कार में आपके मित्र के फार्म हाउस तक ले गए, शहर से दूर। ऐसा लगा हम दुनिया से ही बाहर चले गए हो। अब कोई चिन्ता नहीं थी। तीन चार दिन वहाँ रहे। पांचवे दिन सुबह उसके कमरे में जाकर देखा तो गायब। हम सब डर गए, आपका मित्र तो थर थर कांपने लगा क्या पता किसी कुएँ में कूद गई या पेड़ से लटक गई हो। कहाँ तो किसी का भला करने आए और भला करने वाले का ही बुरा हो गया। सभी काम करने वालों सिक्यूरिटी वालों को बुलाया, पूछताछ की तो शक की सुई खाना बनाने वाले और रात को जो गार्ड ड्यूटी पर था, उन दोनों पर घूमने लगी। बात खुलते देर नहीं लगी हमारे सोने के बाद खाना पकाने वाले को अपने कमरे में बुलाती और रो कर अपनी पीड़ा सुनाती, भावनाओं में बह कर वह जब सहानुभूति देता तब अपने दुखों की परवाह किए बगैर बाहों में भर कर उसकी सारी पीड़ाएं हर लेती, कुछ क्षणों के लिए उसे इस दीन दुनिया के सारे दुखों से मुक्त कर देती। सुख के असीम संसार में गोते लगाकर थकता तब जाकर अपने कमरे में सो जाता। उसके बाद यही बात गार्ड के साथ दोहराई जाती। इस सेवा के उपकार में उनसे इतना ही माँगा की वे दोनों मिलकर पुलिस थाने तक पहुँचा दे। एक एक दिन कर वे आगे सरकाते रहे पर पांचवे दिन की सुबह होने से पूर्व उन्होंने उपकार कर दिया, पुलिस थाने के गेट तक पहुंचा कर अपने नियत स्थान पर आकर सो गए। पता लगने पर हमने इंस्पेक्टर से भी बात की। उसके खास सिपाही से लेन देन की भी बात की। उस सिपाही ने बताया की उसने तो इंस्पेक्टर पर अपनी अदाओं का ऐसा जादू किया है कि उसके लिए तो कुछ भी नहीं सुनेगा, साफ़ कह दिया है कोर्ट में पेश करेगा।

एक तो डॉक्टर द्वारा न बोलने की हिदायत ऊपर से ये सब सुनने के बाद अब बोलने को कुछ बचा भी नहीं था। इसलिए मन तो नहीं था फिर भी क्रोध से स्वत: मुँह से निकल ही गया यह सब होता रहा तो तुम कहाँ थी? साथ में नहीं थी? सहसा इस प्रश्न के लिए शायद तैयार नहीं थी। बात बनाती हुई बोली– ''मैं क्या करती, साथ तो थी पर कमरा छोटा सा था उसमें एक सिंगल

बेड ही था, इसलिए खाने के बाद उसे सुलाकर बाहर से कुण्डी लगाती और फिर दूसरे कमरे में सो जाती'' पति अस्पताल में बेहोशी की हालत में हो ऐसे में वह उन दोस्तों के साथ निकली इसे तो परिस्थिति की विकटता या मज़बूरी कहा जा सकता है पर ऐसी परेशानी में भी जिस माँ को कमरे और बेड की साइज़ से कष्ट हो रहा हो, वह दूसरे कमरे में सोए, अब पूछने सुनने को कुछ नहीं था। कहने को सुरक्षा के लिहाज़ से बेटी का कमरा बाहर से बन्द किया जाता था पर असल में इसलिए ऐसा किया जाता ताकि उसे अपना कमरा भीतर से बन्द नहीं करना पड़े। अक्ल के दुश्मन को भी समझ में आता है, ऐसा करके वो रात भर के लिए अपनी चिंता से मुक्त हो जाती। अब भूत या भविष्य का कोई प्रश्न अनसुलझा नहीं रह गया था। मन में बस इतनी ही पीड़ा थी कि जीवित क्यों बच गया ?

अस्पताल से डिस्चार्ज हो कर मैं घर पहुँचा। बेटी इंस्पेक्टर द्वारा कोर्ट पहुँचाई गई और वहाँ से स्वयं के घर जहाँ उसे जाना था। सहायता का दम भरने वाले मित्रो की आँखें लज्जा रही होगी शायद इसी कारण उन्होंने आना मुनासिब नहीं समझा या फिर उचित समय का इंतज़ार कर रहे थे वे ही जाने। ऐसा लग रहा था रंगमंच पर खेले जा रहे किसी नाटक का पटाक्षेप हो गया हो और सभी कलाकार अपने अपने रोल निभा कर घर पहुँच गए हों।

कोई फ़ायदा ले गया कोई नुकसान में रहा, कोई मरना चाहता था तो कोई जीना पर दोनों पंछी जिन्होंने अपना नया आशियाना बनाया था इन सब दुखों, परेशानियों के बावजूद जीना चाहते थे, उड़ना चाहते थे, खुले आकाश में। धरती और आसमान के मध्य जितनी भी खुशियाँ है बेरोक टोक सब समेट लेना चाहते थे अपनी मुट्ठी में। बेटे के माँ बाप ख़ुश नहीं तो दुखी भी नहीं थे। इकलौते बेटे की ख़ुशियों में ही उनकी खुशियाँ थीं। वो पति सास ससुर सबका ख़याल रखती, किसी को कोई शिकायत नहीं रही तो बुढा बुढ़िया जाति, समाज से इतर जाकर सोचने लगे। समय के साथ अपनी मान्यताओं को किनारे करने लगे, मन को समझाने लगे की इंसान अच्छ हो तो कुछ गलत नहीं है जैसा वे समझते थे। समय के साथ हम सभी को बदलना चाहिए। धीरे धीरे ज़िन्दगी ने अपनी रफ़्तार पकड़ी, भूत की कड़वाहटें कम हुई तो परिवार में ख़ुशियाँ पैर पसारने लगीं।

कभी कभी लगता है जीवन में सब कुछ सीधी लकीर की तरह चल रहा हो तो सृष्टा को पसन्द नहीं आता। आदतें तो एक सी ही होती हैं जब रचनाकारों, लेखकों को अपने किस्से कहानियों फिल्मों में ट्विस्ट चाहिए तो फिर सृष्टि का रचनाकार भी इस लोभ के संवरण से कैसे बच सकता है। जब तक कुछ तूफ़ानी नहीं हो जाए, कहानी में कोई ट्विस्ट न आए उसे मज़ा ही नहीं आता।

सब कुछ सामान्य चल रहा था। सास, ससुर, पति सभी का बहुत ख़याल रखती इसलिए सब ख़ुश थे पर समय के साथ वह उनसे ना.ख़ुश रहने लगी। जब भी उसके मित्र आते, अकेले में बैठ कर ड्राइंग रूम में वह खूब बातें करती, चाय, कॉफ़ी, सॉफ्ट ड्रिंक पीती। अब कभी कभी सॉफ्ट की जगह हार्ड ड्रिंक भी लेने लगी थी। सास-ससुर को वैसे ही उसकी ये सब बातें अच्छी नहीं लगती ऊपर से शराब की चुस्कियों की बात सुनकर आपे से बाहर होने लगे। दोनों और ज़िद पक्की थी इसलिए गृहक्लेश चरम पर था। अब बेटे से बात करनी ही पड़ी तो पता लगा या तो वह निर्णायक भूमिका में नहीं था या फिर पत्नी की बातों से सहमत था। बोला– ''तो क्या हुआ? जो भी आते है उनकी भी तो पत्नियाँ है वे भी तो शराब लेती है यह अकेले कोई थोड़े ही लेती है। जमाना बदल गया है बिज़नेस और रिश्तों के लिए यह सब जरुरी है, आप लोग समझने की कोशिश करो'' अब उसे कुछ समझाना व्यर्थ था फिर भी माँ बाप का मन कहाँ मानता है? कोशिश करते रहे पर बात जब बर्दाश्त से बाहर हो गई तो अलग होने का निर्णय हुआ। वह तो शायद इसी बात का इन्तजार कर रही थी। अगले दिन से ही अलग रहना प्रारम्भ कर दिया।

बेटा बहु अपने तरीके से ज़िन्दगी जीने लगे तो माँ बाप को अपने तरीके से जीना पड़ रहा था। पहली बार स्वेच्छा से विवाह करने से लेकर अलग होने तक के निर्णय पर वह ख़ुशी से आल्हादित हुआ, गर्व से सिर उठाकर आसमान की तर.फ देखा। आज उसकी अपनी ज़मीन थी जिस पर खड़ा था, उसका अपना गगन था, जहाँ वह मुक्त, पूर्णतः मुक्त था, कोई बन्धन नहीं। वे चाहते जैसा खाते, पिज़्ज़ा, बर्गर या फिर दाल बाटी, चाहते जैसा पीते सॉफ्ट या हार्ड ड्रिंक, चाहते वैसा पहनते, कपड़ों की कोई पाबन्दी नहीं, वह चाहता तो बाल बढ़ाकर चोटी बना लेता, पत्नी चाहती तो बॉब कट या फिर इच्छनुसार

छोटे कटवा लेती, पति पत्नी होते हुए भी माँ बाप के सामने घर में रोमान्स के निश्चित समय की वह पाबन्दी समाप्त हो चुकी थी, अब घर में, बाहर कहीं भी कभी भी बाँहों में बाँहें डाल कर घूमा जा सकता था। दोस्तों के साथ बैठकर देर रात तक पार्टियाँ, जब तक दिल करे पीते रहो। मन में न समाज का भय, न गहरे तक पैठ चुके रीति रिवाजों का भय, पीने के बाद तो पूर्णत: हर बन्धन से मुक्त।

कभी कभी मन में आता मनुष्य ने, उसकी तकनीक ने इतना विकास कर लिया तब भी औरत के गर्भ में लड़का है या लड़की, वह स्वस्थ है या बीमार, इससे ज्यादा वह कुछ नहीं जान पाया, जैसे कैसा होगा, ईमानदार या भ्रष्ट, सुखी या दुखी, साधन सम्पन्न या विपन्न, उसके भविष्य के बारे में कुछ नहीं जानता तब फिर समय के गर्भ में क्या है यह वह कैसे जान सकता है ? जिसे समझ नहीं सकते उसे जानने के व्यर्थ प्रयासों का कोई अर्थ भी नहीं निकलता। वर्तमान में जो घटित हो रहा है, ऐसा जीवन ही तो वे चाहते थे, उसे सुख और चैन से जी लेना चाहिए, यही वे दोनों कर रहे थे।

दूसरे ही पल भीतरी मन जोर देकर कहता समाज के बन्धनों से मुक्त मीरा और कबीर भी हुए थे, यह मुक्ति सदैव बुरी हो ऐसा तो नहीं पर इस तरह से नशे के घूँट गटकने के बाद की यह मुक्ति अकसर पतन की पहली सीढ़ी साबित होती है। हालाँकि वह समझता था अन्तर्मन की आवाज़ अकसर आपके लिए चेतावनी होती है उसे मान लेनी चाहिए, उसे सुनते हुए भी अनसुना करना, जानते हुए भी दुर्भाग्य को आमन्त्रण देना होता है पर बाह्य मन उस बेचारे की चलने कब देता है ? बाह्य मन ने चतुराई से पूछा, उन्हीं बन्धनों में बंध कर कैदी की तरह रहना था तो फिर इतनी मेहनत किसलिए ? अपनी इच्छा से विवाह फिर अलग होना, माँ बाप की इच्छा से एक लड़की ले आता और जैसा वे कहते जाते करता जाता। जिसे ले आया है उसका मन क्या है सोचा ? जानता है वह ऐसा ही चाहती है तब फिर से बन्धनों की क्यों सोच रहा है ? दिन भर के ऐसे सैकड़ों प्रश्नों और विचारों से परेशान होकर शाम होते-होते थक जाता फिर वही दौर चल पड़ता, दोस्त होते तो उनके साथ नहीं तो पति-पत्नी ही दो पैग गटक लेते। शुरू में विरोध में शोर करने, चिल्लाने वाले अन्तर्मन की आवाज़ समय के साथ मंद होती गई गयी, अंतत: हार मान कर चुप बैठ गया।

अंतर्मन बैठ गया तो बाह्य मन की चलने लगी। समय भी बड़ा चतुर होता है, एक एक करके पृष्ठ खोलता है। किसी को भी निर्धारित समय से पूर्व अगले पृष्ठ में झाँकने का अवसर नहीं देता। पहले माँ बाप के बन्धनों वाली ज़िन्दगी, फिर मुक्त होकर एक दूसरे के प्रेम में डूबे रहने का समय और अब शायद अगला पृष्ठ खुलने जा रहा था। उसने नोटिस किया कि वह शराब ज्यादा पीने लगा था या यूँ कहें कि दोस्त ज्यादा पिलाने लगे थे। जब से ये नोटिस किया वह इनकार करने लगा। इतना ही नहीं पत्नी से सलाह भी की, उसे लगता है उसके दोस्त जानबूझ कर ऐसा करते हैं। क्यों नहीं यह सब बंद कर दिया जाए?

सुनते ही पत्नी बिफर पड़ी पागल हो गए हो क्या? व्यर्थ में इतने अच्छे दोस्तों पर शक करते हो। बन्द करके फिर क्या करना चाहते हो? शाम होते ही दाल रोटी खाओ और सो जाओ, ऐसी बोरिंग ज़िन्दगी से तो मर जाना ही अच्छा है। पत्नी की बात समझदारी भरी लगी या और कोई राह नहीं दिखी कारण क्या था वह जाने पर चाहे अनचाहे इस कार्यक्रम को मौन सहमति दे दी तो निर्विघ्न चलता रहा। इतना अवश्य हुआ की अब कोई दोस्त उसे और पीने का फ़ोर्स नहीं करते। कभी कभार पत्नी अवश्य ऐसा कर देती थी। पत्नी की ये कभी कभार समय के साथ अकसर पर पहुँच गई और फिर उसकी स्वयं की आदत हो गई कि जब तक बेसुध नहीं हो जाए वह रोक ही नहीं पाता। समय की पुस्तक का अगला पृष्ठ था या पैराग्राफ वह नहीं जानता पर अब उसे दिखने लगा था। पत्नी उससे अधिक उसके कुछ मित्रों में रुचि लेने लगी थी और इतनी अधिक कि अब उसके बेसुध होने का इंतज़ार भी नहीं कर पाती।

आवाज़ करते हुए पंखे ने याद दिलाया की उसे प्यास लगी है। उसे लगा कंठ ऐसा सूख रहा है कि आज तो प्राण ही निकल जाते। वैसे अच्छा होता, कितनी ही बार तो कोशिश कर चुका है पर कोई न कोई बाधा आ जाती है। पानी के लिए पत्नी को आवाज़ देने की सोची पर ड्राइंग रूम में उसके किसी मित्र के हँसने की आवाज़ ने चेतावनी दी ऐसे समय में पानी तो मिलेगा नहीं थोडा बहुत शरीर में बचा है कलह से वह भी निकाल देगी। बूढ़े नौकर को आवाज़ देनी मुनासिब समझी। वह भी उसकी तरह खाली बैठा होगा। जब पत्नी के विशेष मित्र आते हैं तो नौकर गलती से भी चाय पानी लेकर चला जाए तो

उसे डांट सुननी पड़ती है। शुरू में तो उस कम बुद्धि वाले बाबा को समझ में नहीं आया पर समय के साथ वह समझ गया था कि ऐसे क्षणों में जैसे मेरा जाना प्रतिबंधित है वैसे ही उसका भी। भावुकता में ज्यादा सेवा चाकरी की सोची तो उसकी नौकरी छिन जाने की पूरी सम्भावना थी।

बूढ़ा ठण्डा पानी ले आया। पूरी बोतल एक साँस में गटकने के बाद कुछ राहत मिली। चैन मिलते ही विचार अपना डेरा ज़माने लगे। उसे लगा अच्छा हो या बुरा, बुद्धिमान हो या मूर्ख समय किसी को अपनी किताब खोलकर तो नहीं दिखाता परन्तु हर किताब में पहले पृष्ठ पर लिखी भूमिका में पूरी किताब की झलक अवश्य होती है। बुद्धिमान लोग उससे भविष्य जान लेते हैं और मूर्ख ठीक से पढ़ते या समझते नहीं। पिता की बीमारी, उनका अस्पताल जाना, उनकी मौत को भी जो लड़की अपने लिए अवसर मान रही थी उसे समझने में मैंने ही मूर्खता की वरना होनहार ने तो उस एक क्षण में ही भविष्य का सारा दृष्टान्त दिखा दिया था। ऐसे भावनाशून्य हृदय के लिए पिता हो या पति या फिर बच्चे सब अवसर हैं अपनी ख़ुशियों और सुख के लिए।

ठूँठ -1

उसकी आँखें भूरी थीं। आँखों का भूरापन ही उसकी खूबसूरती थी। एक ऐसा आकर्षण की जो भी देखे डूबता चला जाए। इस चुम्बकीय आकर्षण से कितने ही खिंचे चले आए। सैकड़ों ने तो प्रतियोगिता में भाग लेने से पूर्व ही हार स्वीकार कर ली और दूर हो गए। सैकड़ों कोशिश करके थक गए, तब मन मसोस कर दूर हुए। यौवन की दहलीज़ पर होते हुए भी मैं उससे आकृष्ट नहीं हुआ, ऐसा कहना सरासर झूठ होगा। कई बार बचपन में सुनी बातें इतनी गहरी बैठ जाती है कि चाहते हुए भी दिमाग से निकलती नहीं। दादाजी बहुत सी बातें सुनाते रहते थे उसमें एक यह भी थी भूरी आँखों वाले कभी विश्वास के लायक नहीं होते। ऐसे लोगों से सावधान रहना चाहिए। हालाँकि उनकी बातें कोई रिसर्च या प्रमाणों पर आधारित हो, ऐसा नहीं था पर कहीं न कहीं कई पीढ़ियों का गहरा अनुभव उनके पीछे अवश्य था। शतप्रतिशत सत्यता की सम्भावना न तो प्रमाण पर आधारित बातों में होती है और न ही अनुभव से कही गई बातों में फिर भी उसकी भूरी आँखें देखते ही मन में भय भरी एक सिहरन सी दौड़ जाती। यही कारण था सभी के लिए वे चुम्बकीय आकर्षण थी पर मेरे लिए विकर्षण। मेरी सदैव कोशिश रहती उससे सामना न हो पर संयोग था या साजिश, होता इसका उल्टा था। किसी न किसी बात पर वो टकरा जाती, कभी नोटबुक के लिए तो कभी किसी विषय पर संशय दूर करने के लिए।

मित्रता एक ऐसा ताबीज़ है कि उसके बाद सारे भय दूर हो जाते हैं, सारे

संशय विश्वास में बदलने लगते है। अब समझ आने लगा था की यह कॉपियों की अदला बदली अनायास नहीं होती थी। लगभग उसकी सोची समझी योजना होती थी। वह भी बताने लग गई थी कि वह बचपन से ही जिद्दी है। उसे जितनी मुश्किल से मिले वह मंज़िल हासिल करने में मज़ा आता है और अब ऐसी आदत हो गई कि दो डगर होती भी है तो कठिन डगर पर चल देती है। मेरी दूर भागने की कोशिशें ही उसको पास आने के लिए प्रेरित करती। कॉपियों के आदान प्रदान से शुरू हुआ ये औपचारिक कार्यक्रम अब थ्योरी क्लास में पेन से एक दूसरे को मारना, लैब में सभी की उपस्थिति में मज़ाक से लेकर कैन्टीन में अकेले में एक दूसरे के दैहिक से लेकर दिल के सौन्दर्य के बखान पर जाकर समाप्त होने लगा।

जब किसी को प्यार हो जाता है तो सिर्फ़ माँ बाप भाई या दोस्त ही नहीं दुनिया का हर शख़्स उन्हें अपना दुश्मन लगने लगता है। ऐसा ही हमारे साथ भी हुआ सबसे पहले लाइब्रेरियन अपना दुश्मन लगने लगा क्योंकि कॉलेज में एक ही जगह होती है जहाँ कॉलेज समय के बाद भी घंटों आप बैठ सकते हैं। रात्रि आठ बजे बन्द होने का समय था। हम सोचते थे सवा आठ तक तो बैठें पर वह तो पौने आठ बजे घड़ी दिखानी शुरू कर देता। जब सभी उठने शुरू हो जाते तो हमारे पास भी कोई विकल्प नहीं होता, मन में बुरा भला कहते हुए बाहर निकल जाते। तब तक कैन्टीन पहले ही बंद हो चुकी होती थी। वह होस्टलर थी तो उसे दस बजे तक पहुँचने की छूट थी। ऐसे में कोशिश यही रहती कि इस समय का पूरा सदुपयोग किया जाए पर आठ बजे के बाद जगह की समस्या बरक़रार थी। ढूँढने पर आख़िर एक नीम का पेड़ मिल गया। वहाँ रोड़ लाइट से प्रकाश भी पर्याप्त आता था इसलिए सोमरस पीने वालों के लिए अनुपयुक्त था और पास में ही ढाबा था, जो हमारे लिए उपयुक्त। ठण्ड के दिनों में उसकी अदरक वाली चाय का आनंद लिया जा सकता था।

अकसर घंटो नीम के पेड़ के नीचे बैठे बतियाते रहते थे और कई बार लड़ते भी। ऐसे ही एक दिन नीम के नीचे उसकी स्कूटी पर बैठे हुए चाय पी रहे थे। सर्दियों की रात थी और ठण्ड का गुस्सा सातवें आसमान पर था। लोग अँधेरा होते ही घरो में दुबकने लग जाते थे। ऐसे में सड़क पर आवाजाही काफ़ी कम हो गई थी वहाँपर हम दोनों के अलावा थड़ी वाला ही था। वह नीम

के तने के दूसरी तरफ़ था यानी हम सीधे उसकी नज़रों में नहीं थे।

एक हाथ में गिलास पकड़े, दूसरे हाथ की अँगुलियों से मेरे बालों में कंघी करते हुए अचानक से बोली 'आई लव यू'।

एकदम हुए इस हमले से मैं अवाक् रह गया फिर थोड़ा सामान्य होते हुए सोचकर बोला तुमने कभी प्रेम कहानियाँ पढ़ी हैं? मैंने तो जितनी भी पढ़ी है न जाने क्यों उन सभी में प्रेम हमेशा गुलमोहर के नीचे ही पल्लवित हुआ है। हम तो नीम के नीचे बैठते हैं। देखना! यहाँ तो कड़वाहट ही पैदा होगी... हा हा हा।

वह हँसते हुए बोली, तुम हमेशा नेगेटिव सोचते हो। वैसे बाई दी वे मैं क्यों पढ़ूं प्रेम कहानियाँ? मैं ऐसी कहानियाँ पढ़ने में नहीं गढ़ने में यकीन रखती हूँ। तुम कुछ भी सोचो या कहो, देखना एक दिन ऐसा होगा जब कोई हमारी प्रेम कहानी भी लिखेगा और उसे हज़ारों लाखों लोग पढ़ेंगे।

तुम समझती क्या हो कहानियों के बारे में? वे ऐसे पेड़ों के नीचे बतियाने से नहीं बनती है उनमें प्रेम, रोमांस उलझनें, दर्द, मिलना, बिछुड़ना सब कुछ होना चाहिए। ट्विस्ट होना चाहिए ट्विस्ट वरना हर किसी की कहानी किताबों में, अ़खबारों में छप जाती तब तो अभी तक इतनी किताबें होती कि न तो हमारे और तुम्हारे बैठने लायक जगह बचती और न ही कोई पेड़ बचता।

थ्योरी क्लास से होते हुए लैब, कैन्टीन, लाइब्रेरी और फिर नीम के पेड़ तक पहुँचने के बाद अब कभी कभी मेरे कमरे पर भी आ जाती थी। कोई चार माह बाद छुट्टियाँ थीं तो माँ मिलने आई तब मकान मालकिन ने जितना था उसमें अपनी और से छोंक लगा कर सुनाया। माँ एक सप्ताह रुकी। भगवान ने साथ दिया और इन सात दिन में पता नहीं क्यों वह एक बार भी नहीं आई। इसलिए माँ को थोड़ा बहुत मेरी बातों पर विश्वास हुआ कि ऐसी कोई गंभीर बात नहीं है। बस मामूली सी दोस्ती है जिसकी वजह से कभी कभार कमरे पर आना जाना हो जाता है। छह महीने बाद माँ फिर आई। अब तक उसकी यहाँ आने की आवृत्ति भी कुछ अधिक हो गई थी ऊपर से मकान मालकिन द्वारा अबकी बार छोंक के साथ मसाला भी डालकर बातें परोसी गईं। अब माँ को बात में गंभीरता का कुछ कुछ आभास होने लगा। शायद इस कारण वह उसके माँ, बाप, भाई, बहन, परिवार, ननिहाल के बारे में अनेक प्रश्न करने

लगी। वैसे सिर्फ़ मित्रता कहते हुए अब भीतर से कभी कभी मुझे भी रिश्ते की गहनता का अहसास होने लगता था। अब उसके बिना कमरे पर मन नहीं लगता। यहाँ तक की माँ के साथ रहते हुए भी दो बार उसका आना हुआ। माँ क्या सोचेगी इसका भय होते हुए भी की उसका आना अच्छा लगा, दिल को कुछ सुकून सा मिला।

घर पहुँच कर माँ पिताजी को ऐसा कोई समाचार देकर तनाव नहीं देना चाहती थी पर अनुभव से पके स.फ़ेद बाल कम से कम जीवन साथी का चेहरा पढ़ना तो जान ही जाते हैं। आख़िर उनके बार बार पूछने पर की जब से वापस आई हो ललाट पर ये चिन्ता की रेखाएं कैसी हैं? तुम कितना ही इंकार करो पर कुछ तो है जो मुझसे छुपा रही हो। माँ ने सब कुछ बता दिया और अन्त में हँस कर बोली कि बच्चे हैं, एक दूसरे को पसन्द करते हैं तो साथ बैठ जाते है आप क्यों टेंशन लेते हो? पिताजी बोले बात इतनी सी होती तो तुम्हारे ललाट पर ये रेखाएं नहीं उभरती। मान लो कुछ नहीं भी है तब भी तुम्हारे चिन्तित रहते मुझे चैन कभी आया है जो अब आ जाएगा ?

इतनी ही चिन्ता हो रही है तो उसके घर परिवार के बारे में तो पता कीजिए फिर सोचते हैं आगे क्या करना है। कई बार इन्सान सोचता ही रह जाता है, समय कब पंख लगा कर उड़ जाता है पता ही नहीं लगता। ऐसा ही हुआ, पिताजी आज कल करते रहे, सोचते रहे तब तक हमारी डिग्री पूरी हो गई। इस बीच हमने ज़रूर एक दूसरे की गोद में सिर रखकर, बालों में अँगुलियों से कँघी करते हुए कितनी ही बातें की होंगी। महसूस किया की दुनिया में प्रेम के सिवाय कुछ भी नहीं है। प्रेम ही जीवन है उसके अभाव में, शुष्कता से जीवन कितना कष्टपूर्ण और रूखा होता है।

ग्रेजुएशन के बाद क्या करना है? कभी सोचा ही नहीं या यूँ कहूँ मैंने सोचा नहीं क्योंकि परिणाम आते ही उसने जाने की तैयारी कर ली थी। मुझे पता लगा तो पांवों के नीचे से ज़मीन खिसक गयी। किसी बात की कल्पना भी नहीं की हो और वह घटित हो जाए तो हर किसी के साथ ऐसा ही होता है। वो जाना चाह रही थी और मेरा आग्रह था रुक जाए।

अरे यार, तुम समझते क्यों नहीं हम यहाँ तीन साल के लिए पढ़ाई करने आए थे। अब मैं अपनी अगली मंज़िल को जा रही हूँ तुम अपनी को जाओ।

हमने भी तो किसी मंज़िल का सोचा था?

...और ये हम से सीधे तुम और मैं पर कैसे आ सकती हो? मेरी कौनसी मंज़िल? मेरी तो पहली और आख़िरी मंज़िल तुम ही हो और किसी मंज़िल के बारे में कभी सोचा ही नहीं तो जाऊं कहाँ?

तुम सच में पागल हो चुके हो अब तुम्हारी मंज़िल कोई अच्छा साइकेट्रिस्ट होना चाहिए...हा हा हा।

तुम समझते क्यों नहीं? कुछ व्यावहारिक बनो। प्यार, मोहब्बत, इश्क कहने सुनने में अच्छे लगते है पर असल ज़िन्दगी में आपकी डिग्री, बिज़नेस, पैसा, गाड़ी, बंगला, रिलेशंस काम आते है। हम जब तक रहे सुख से रहे अब उसे दिल पर लेकर या भावुक होकर परेशान होने से कोई अर्थ नहीं निकलता। ज़िन्दगी ने कारण अकारण फिर अवसर दिया तो सुख से साथ रहेंगे पर अभी तो मेरी तरह तुम्हें भी कहीं जाना चाहिए।

क्या प्लान बनाया है तुमने? कहाँ जाओगे?

तपते हुए रेगिस्तान में।

हा हा हा...फिर तो मैंने पागल कह कर कोई गलती तो नहीं की। जानते हो वहाँका तापमान कितना होता है? कहते है गर्मियों में खुले में पड़ा पानी भी उबलने लगता है।

जानता हूँ इसीलिए तो जाना चाहता हूँ। एक ऐसे रेगिस्तान में जहाँ सैकड़ों, सैकड़ों क्यों हज़ारों किलोमीटर तक कोई नहीं हो, मनुष्य क्या पशु या पानी भी नहीं। हाँ, बस एक कोयल हो जिसका संगीत सुनते हुए गर्म धूप में सिकता रहूँ। सूखी गर्म हवा देह से पानी की एक एक बूंद ले जाए और पीछे रह जाए सिर्फ एक ठूंठ। जिसमें कूट कूट कर भरी होगी तेरी यादें और आख़िरी वक़्त में सुना गया उस जान लेवा गर्मी में तड़पती हुई कोयल का दर्द से भरा संगीत। तुम जब आओगी न, देखने उस ठूँठ को तब बस, एक बार बाहें फैला कर गर्मजोशी से सिर्फ एक बार मिल लेना, जैसे तुम मुझसे मिला करती थी। मेरी सारी यादों, सारे दर्द का अन्त हो जाएगा, मैं मुक्त हो जाऊँगा हमेशा हमेशा के लिए। वादा करो तुम रूकती नहीं हो तो कोई बात नहीं पर वहाँ तो आओगी।

उसने हँसते हुए अभी स्वयं की मुक्ति के लिए बोला, हाँ बाबा आउंगी। अब तुम जाओ मुझे अपना सामान, बैग सब तैयार करना है कल निकलना भी

तो है। जो बाज़ार ब्रेड लेने या कैंटीन तक भी मेरे बिना नहीं जाती थी, कल एयरपोर्ट तक छोड़ने का कहा तो मेरे प्रस्ताव पर सख़्ती से असहमति जता दी।

मैं वहाँ से निकल पड़ा, कहाँ के लिए? मुझे भी नहीं पता पर वहाँ से जाने का कह दिया गया था, इसलिए जाना तो था ही। कमरे पर आ कर बिना लाइट ऑन किए कम्बल में घुस गया। दो घंटे करवटें बदलता रहा फिर उठकर नींद की गोली ली। एक घन्टे बाद फिर दो गोली पर नींद ने भी आज कोई कसम ले रखी थी कि नहीं आनी तो नहीं आनी। कभी किसी मित्र ने कहा था कि नींद की गोलियों से नींद नहीं आती है तब हंसी आई थी। मैंने पूछा था फिर इनका नाम ऐसा क्यों रखा? पर आज प्रत्यक्ष अनुभव हुआ, ये असर तभी करती है जब नींद आ रही हो और ले ली जाए वरना कोई काम की नहीं।

हालाँकि उसने एयरपोर्ट तक टैक्सी से जाने का कह इशारा कर दिया था कि अब आख़िरी मुलाक़ात हो गई। मेरा और वक़्त जाया मत करना परन्तु जगह और समय बताने की गलती कर दी थी। रात नो बजे की फ्लाइट थी। चोबीस घंटे बाद बिस्तर से निकला, मेरी एक बात से वह सबसे ख़ुश होती थी की इस ठण्डे प्रदेश में भी मैं रोज़ नहाता हूँ पर आज वह भी नहीं कर पाया। आख़िरी मुलाकात में मेरी एक खूबी जो उसे पसंद थी उसे बरकरार नहीं रख सका पर वैसा आभास हो इसलिए डियो लगाया और चल पड़ा।

एयरपोर्ट दो घंटे पहले ही पहुँच गया। समय होने पर वह आई, इधर उधर नज़रें घुमाई, जैसे उसे पूरा विश्वास हो कि मैं ज़रूर आऊंगा। वो मेरे पास आई बाँहें फैला कर मुस्कराते हुए मिली पर आज हमेशा वाला वो प्रेम, वो ख़ुशी महसूस नहीं हुई, न ही कोई स्त्री और पुरुष के मिलने से उत्पन्न होने वाले कोई भाव। मैं भाव शून्य हो गया था या हम दोनों ही, पता नहीं पर इस मिलन में न कोई गर्माहट थी, न ही कोई पीड़ा। विचार शून्य समाधि जैसी स्थिति, जिसमें कोई भाव, संवेदना, दुःख, सुख, या विचार नहीं, जिसे कुछ भी नाम दे दिया जाए।

वह कब गई मुझे नहीं पता।

रात दो बजे, आख़िरी फ्लाइट भी जा चुकी तो किसी कर्मचारी ने पूछा भाई यहाँ क्या कर रहे हो? सभी लोग तो अपने अपने गन्तव्य को चले गए। तब

मुझे पता चला वह तो अगली मंजिल तक भी पहुँच गई और मैं रेगिस्तान की बजाय यहाँ पर ठूँठ बन गया था। तब से आज तक रेगिस्तान हो या हरियाली जहाँ भी जाता हूँ, वैसा ही भावशून्य, विचारशून्य ठूंठ। कब मुक्ति होगी मैं नहीं जानता।

ठूँठ –2 (पसन्द या प्रेम)

एयरपोर्ट पर कर्मचारी ने झकझोरा तब अहसास हुआ वह जा चुकी है। वह क्या सभी जा चुके हैं। ऐसी ठण्डी रात में कोई ऐसे खड़ा रह भी कैसे सकता है? तो फिर मैं कैसे खड़ा हूँ? लगा मैं सचमुच ठूँठ बन गया हूँ, तभी तो सर्द गर्म का भी कोई अहसास नहीं। एयरपोर्ट से बाहर निकला तो सोचा कहाँ जाऊं? तभी मन ने कहा ऐसा वे सोचते है जिनके पास अनेक विकल्प होते हैं। अब प्रतिप्रश्न की कोई गुंजाइश ही नहीं बची थी। कदम स्वत: उस अँधेरे और सीलन से भरे टूटे हुए कमरे की तरफ़ चल पड़े। निर्विचार भाव से कमरे पहुँचा और सो गया। ठण्ड में उस मैली सी कम्बल के आगोश ने बड़ा सहारा दिया। रात और दिन भर के जागरण के कारण नींद की गोली ने आज अपना कुछ असर दिखाया। हालाँकि सारी जद्दोजहद के बावजूद रात्रि के तीसरे प्रहर का साक्षी फिर भी बनना ही पड़ा।

दीवार की तरफ़ देखा। टिक टिक करती घड़ी ने इशारा किया मेरी तरह आगे बढ़। तुम समझते नहीं या समझना नहीं चाहते? मैं जब बन्द होती हूँ तो कोई देखता है मेरी तरफ़? तो फिर तुम वहीं क्यों खड़े हो? आगे बढ़ो।

तुम्हें मतलब? मैंने कोई सलाह पूछी? सर दर्द के लिए तेरा ये टिक टिक ही बहुत है और सलाह की ज़रूरत नहीं। मुझे नहीं बढ़ना आगे। सुनाना तो बहुत कुछ था पर तभी याद आया रात्रि के ढाई बजे हैं तो वहाँ दस बजे होंगे। वो पहुँच गई होगी। यह समय उपयुक्त है, बात कर लेनी चाहिए।

करनी चाहिए ?

नहीं नहीं, मैंने कितना कहा था पहुँचते ही कॉल करना। जब उसने इन्फ़ॉर्म करना भी ज़रूरी नहीं समझा तो मैं व्यर्थ में क्यों कॉल करूँ ?

न किया भले उसने, मुझे तो उसकी फ़िक्र हो रही है ना ? तो फिर कर लेनी चाहिए। मन की इस हाँ ना में कब डायल किया पता ही नहीं चला।

उधर से आवाज़ आई, दिस फ़ोन इज़ स्विच्ड ऑफ़। अब समझ आया दूसरे देश में इन नंबर्स का क्या काम ? ये तो बंद कर ही दिए होंगे।

कब तीन साल निकल गए पता नहीं। इन तीन साल में मैंने क्या किया, क्यों किया, मैं नहीं जानता। मन जागते हुए भी सपने देखना चाहता है। रेगिस्तान की तपन में भी बारिश की ठण्डी फुहारों का सुख लेना चाहता है। ये दिल भी एक अजीब शै है जानता है फिर भी मानता नहीं, नाउम्मीदगी में भी उम्मीद जगाए रखता है। तीन साल बाद आज पहली बार कोई फ़ोन आया जिससे निकलती ध्वनि से रोम रोम झंकृत हो गया। उसी का फ़ोन था, आई विल कम बैक आफ्टर थ्री डेज़। और क्या क्या बातें हुई, या हुई भी नहीं कुछ याद नहीं। बस इतना सा याद रहा तीन दिन बाद दिल्ली एयरपोर्ट पर आएगी। बाकी बातें तो वैसे भी बगल में बैठ कर करेंगे, फ़ोन पर करने की क्या जरुरत ? यूँ भी कौनसी घंटे दो घंटे में पूरी होने वाली हैं।

दिमाग को खूब कोसा, खरी खोटी सुनाई, तू कहता था न उसे कोई चिंता नहीं है तुम्हारी, वह तो कभी की भूल गई, तुम ही पागल हुए फिरते हो। देखो आज प्रेम ने उसे भी पुनर्मिलन को मज़बूर कर दिया ना ? दिल ख़ुश होकर फड़फड़ाने लगा, बल्लियों उछलने लगा, पसलियों की पहरेदारी नहीं होती तो शायद बाहर ही कूद पड़ता, बोला मैंने कहा था न नाउम्मीद कभी नहीं होना चाहिए। गर्वोन्मुक्त होकर कह तो दिया पर भीतर ही भीतर फड़फड़ाहट के बीच थकान हो जाया करती, उसे अपनी ही बात पर अविश्वास हो जाता था। दिमाग पहले से चेतावनी दे ही रहा था। मैं अवसाद से उभरने की कोशिश कर रहा था पर दिल और दिमाग दोनों मिलकर पुन: उसी गहरे सागर में डुबोने को तैयार बैठे थे। इनके सारे तर्कों को दरकिनार करते हुए मैंने आगे बढ़ने की तैयारी कर ली।

झटके के साथ उठा। कम्बल समेटा। चद्दर पर दृष्टि गई, ओह...यह भी

कितनी पुरानी हो गई? चद्दर और कम्बल दोनों उसके साथ ही तो बाज़ार से लाया था यानी चार-पाँच साल तो हो ही गए होंगे। बदले जाने वाले सामान की लिस्ट तैयार करने लगा। वो सब तो ठीक है पर सीलन भरा यह कमरा? यह भी तो बदलना होगा। कुल जमा तीन दिन में नया कमरा भी ढूँढना और सामान भी लाना। हा हा हा ...मैं भी कितना बेवकू़फ़ हूँ अब भी कमरे की सोच रहा हूँ। वो विद्यार्थी जीवन की बात अलग थी। अब वह अपनी आगे की पढ़ाई पूरी कर लौट रही है। यह तो गृहस्थी जमाने की बात है अब भी कमरा? नहीं नहीं एक अच्छ मकान ढूंढना पड़ेगा। अगले ही दिन मकान ढूँढ लिया पर सभी कमरों की दीवारों में केवल स़फ़ेद रंग था जब की उसे पीच पसन्द है। एक दिन में रंग तो नहीं हो सकता अब क्या किया जाए? मकान मालकिन ने ही सुझाव दिया, भैया उस रंग के परदे क्यों नहीं खरीद लेते? आपातकाल में जैसे बड़ा सहारा मिल गया हो। परदे, सो़फ़ा, डाइनिंग टेबल और उनके साथ ही छोटा मोटा सारा सामान ले आया।

आखिरी दिन बाइक ठीक करवाई। ऐसा नहीं हो की रास्ते में बंद हो जाए। ठीक तो करवा ली पर विश्वास नहीं हुआ, पुराना रिकॉर्ड याद दिला रहा था यह कभी भी धोखा दे देगी। आज कितने सालों बाद वो आ रही थी। आधे रास्ते में बाइक की वजह से परेशान हो ऐसा नहीं चाहता था। इसलिए फाइनली निर्णय लिया कि कार टैक्सी से लेने जाऊँगा। सारा अरेंजमेंट करने के बाद ़फ़ोन लगाया, फ्लाइट दिल्ली कब पहुँचेगी? मैं लेने आ जाऊँगा।

नो डिअर इसकी आवश्यकता नहीं है।

क्यों नहीं है, इतने सालों बाद आ रही हो और मैं लेने नहीं आऊँ? तुम्हारे वहाँ रीति होगी अकेले निकलने की। यहाँ तो कोई एक अवसर बताओ जब मैं तुम्हारे साथ नहीं था, तुम्हें अकेले आने या जाने दिया हो। उस पुरानी बाइक की चिन्ता मत करना कार टैक्सी लेकर आऊँगा, वह भी पहले से देखकर एक दम नयी, जिसमें म्युज़िक सिस्टम वगैरह भी हो।

नो डिअर, तुम समझने की कोशिश करो। मेरा मैनेजर है वह लेने आ जाएगा। रेंटेड हाउस मैंने रिज़र्व करवा रखा है। मैं वहाँ पहुँच कर फ्रेश हो, रिंग करती हूँ, तुम वहीं पहुँच जाना, ओ. के.। उधर से ़फ़ोन कट गया।

यह क्या गौरखधंधा है? कुछ भी समझ में नहीं आ रहा। वह इतने साल

बाद आ रही है, उसने मकान ले रखा है। मैनेजर भी है। फिर मैंने मकान, नया फर्नीचर, पीच रंग के पर्दे सब किसलिए ? मुझे कुछ भी तो पता नहीं। वह यहाँ आ क्यों रही है ? यह भी समझ नहीं आ रहा। दिमाग पर अधिक ज़ोर डालने से और उलझना ही था, कोई अर्थ नहीं निकलना था। वैसे भी एक दायरे से बाहर मुझे सोचने की आदत भी नहीं है, यहाँ तो समुद्र से सुई निकालने जैसा काम था।

रात्रि दस बजे फ़ोन आया। दिए गए पते पर पहुँच गया। महलनुमा मकान, भीतर घुसते ही दंग रह गया। मेरे जैसे इन्सान के लिए अकल्पनीय इंटीरियर था। वह ख़ूबसूरत साड़ी में मैनेजर के साथ ड्राइंग रूम में बैठी थी। उठकर मुझे बाँहों में भर गर्मजोशी से स्वागत किया। महंगे विदेशी इत्र से वह तो क्या पूरा कमरा ही महक रहा था पर उसके देह की वह गंध जो मेरे दिलो-दिमाग में रची बसी थी, वह गायब थी। एक ख़ूबसूरत युवती के मिलने की गर्मजोशी तो थी पर किसी अपने का मिलन जिसमें वह सीधा दिल में उतर जाए, ऐसा अहसास तक नहीं हुआ। ऐसा मिलना जिसमें कुछ कहने की, बोलने की जरुरत न हो, भावों को शब्दों के आलिंगन की आवश्यकता न रहे, गहरे मौन में भी हृदय पहचान ले कि आज तेरा होना पूर्ण हुआ, अभी तक हृदय के किसी कोने में जो रिक्तता थी, सूनापन था, खालीपन था वह भर गया, ऐसा कोई भाव जाग्रत नहीं हुआ। वह सूनापन, रिक्तता, खालीपन वैसा ही रहा जैसा उस सीलन भरे कमरे में कम्बल में दबे दबे महसूस होता था।

छोटी मोटी औपचारिक बातचीत के बाद उसने मैनेजर को इशारा किया। वह दूसरे कमरे में चला गया।

क्या लोगे चाय, कॉफ़ी या हार्ड ड्रिंक ?

आई थिंक लास्ट आप्शन इज़ बेटर, इट्स आलरेडी इलेवन ओ,क्लॉक।

इतना जल्दी भूल गई ? मैं तो चाय कॉफ़ी भी नहीं लेता था। वह भी तेरा मन था इसलिए शुरू की थी।

अब भी वैसे ही हो ? कुछ भी नहीं बदले इन तीन साल में ?

उसको कैसे बताता मुझे भी नहीं पता कि इन तीन साल में मैं सचमुच होश में भी था या तेरा फ़ोन आने पर ही होश में आया। मन में तो आया जाने दो, तुम क्या समझोगी इन बातों को, प्रेम में बिछुड़ना क्या होता है ? वही अनुभव

कर सकता है जिसने यह ज़हर पिया हो। जिन भावों को कोई समझता न हो, या समझना न चाहता हो, उन भावों के प्राकट्य का कोई अर्थ नहीं निकलता। चुप्पी वहाँ बेहतर विकल्प है, मैंने ऐसा ही किया।

उसने मेरे लिए कॉफ़ी मंगवाई और खुद के लिए पैग बनाते हुए बोली, यार यह दुनिया कहाँ की कहाँ पहुँच गयी और तुम अभी पिछली सदी में बैठे हो, घड़ी की सुई को वहीं अटका बैठे हो। समझते क्यों नहीं ये सब जरुरी है बिज़नेस के लिए।

होगा, मुझे कौनसा बिज़नेस करना है?

तो क्या उस टूटे हुए कमरे में ही ज़िन्दगी बिताने का इरादा है?

कमरा टूटा हुआ ज़रूर था पर उसमें भी ज़िन्दगी जी है मैंने। ऐसी ज़िन्दगी जिसे आज ही नहीं ताउम्र याद रखना चाहूँगा। तुम उस वक़्त तो शराब नहीं लेती थी। आज जो ज़िन्दगी जी रही हो ना, इसे चाहे मुझसे छुपाओ या अपने आप से झूठ बोलो पर असल में इन पैग के साथ भुलाना चाह रही हो।

तुम्हें ऐसा लगता होगा पर ऐसा कुछ नहीं है। यह सब तो बिज़नेस के लिए जरुरी है।

यही बात तो मैं कह रहा हूँ कि तुम बिज़नेस के लिए जी रही हो, न की जीने के लिए बिज़नेस कर रही हो। यह ज़िन्दगी के लिए तो ज़रूरी नहीं ना, फिर क्यों पिया जाए? बिज़नेस के लिए हम अपने को मज़बूर कर लें, हमें जीवन में क्या करना है? कैसे करना है? यह सब बिज़नेस के नियमों से निर्णय होंगे तब फ़िर वह तो बिज़नेस के लिए जीना ही हुआ।

एनी हाउ, मैं चाह रही थी कि यहाँ का बिज़नेस तुम देखो क्योंकि यहाँ मेरे लिए तुमसे अधिक भरोसेमंद और व.फ़ादार कोई नहीं हो सकता।

तुमने पहचान तो सही की, पर कीमत बहुत कम लगाई।

तुम कितनी कीमत और क्या कीमत चाहते हो? मुँह से बोलकर तो देखो, मेरी ओर से कभी ना नहीं होगा।

मैंने जो प्रेम किया है ना, वह अनमोल है, ऐसे सैकड़ों बिज़नेस की कीमत भी दे दो तब भी उसकी कीमत अदा नहीं हो सकती।

देखो मैं तुम्हें बहुत लाइक करती हूँ, इसलिए ऑफर दे रही हूँ वरना लोग तो लाइन बना कर खड़े है ये ओपोर्च्युनिटी लेने के लिए।

मैंने कब कहा नहीं होंगे, लाखों होंगे।

यार तुम क्या हो मैं कभी समझ नहीं पाई।

मुझे तब तक समझ नहीं पाओगी जब तक पसन्द और प्रेम के बीच का अंतर नहीं समझोगी। जिस फूल को हम पसन्द करते है उसे तोड़कर अपने साथ ले जाना चाहते है। उसका सौन्दर्य देखना चाहते है। मसलकर उसकी सुगन्ध लेना चाहते है। इस हरकत से उस पर क्या बीतेगी, उसकी चिन्ता नहीं होती। हमें सिर्फ अपने आनन्द का ध्यान रहता है। जबकि जिस फूल को प्रेम करते है, उसका हम पूरा ख़याल रखते हैं। हाथ भी लगाते तो इतनी सावधानी से, मासूमियत से कि उसे कहीं चोट न आए। सुबह शाम पानी हवा रोशनी पूरी मिलती रहे इसका ख़याल रखते हैं। हमें कष्ट हो इसकी चिन्ता नहीं पर उसे कष्ट नहीं हो यह ध्यान हर समय रहता है। पसंद में हम समर्पण चाहते है, प्रेम में हम समर्पण करते हैं। जो भी हो मेरी रुचि का विषय तुम थी तुम्हारा बिज़नेस नहीं। अपना बिज़नेस और ड्रिंक एन्जॉय करो, ज़िन्दगी ने अवसर दिया तो फिर मिलेंगे।

वाइन और व्हिस्की

वाइन और व्हिस्की की विभिन्न ब्राण्ड की मिलीजुली गन्ध। सूंघते ही सामान्य इंसान को मिचली आने लगती परन्तु यहाँ आने वालों के लिए यह प्राण वायु का काम करती है। डीजे की रंग बदलती मद्दिम रोशनी ऐसी कि व्यक्ति स्वयं को न पहचान पाए। वैसे भी यहाँ कौन किसको जानने या याद करने आता है? यहाँ तो हर कोई स्वयं को भी भूल जाने के लिए आता है। कान फाड़ू पाश्चात्य संगीत पर थिरकते कूल्हों के बीच कौन किसकी कमर पर हाथ रख रहा है? नशे में धुत लगभग सभी इससे अनजान है। वैसे अधिकांश इसके आदि हो चुके है। अब उन्हें ऐसे स्पर्श से फ़र्क़ भी नहीं पड़ता। यहाँ सब देह है, एक स्त्री देह और एक पुरुष देह। तब तक पीना है, नाचना है, जब तक वह अपनी और अपनों की पहचान खो न दे। उसके बाद सब एक जैसे हैं, अपने पराए का कोई भेद नहीं। एक ही बात स्मरण रहती है कि स्त्री और पुरुष की देह को मिलना है और जब वे इस क्षणिक आनन्द से तृप्त हो जाते तब उनके ड्राइवर उन्हें पहचान कर घर छोड़ देते। अगले दिन चार बालिश्त सूरज चढ़ने पर सिर दर्द के साथ जागना, दोपहर पश्चात तैयार हो कर फिर से एक और रंगीन शाम की तैयारी। पिछले कुछ वर्षों से दिनचर्या कहूँ या जीवन सब कुछ यही है।

कुछ बरस पहले, ब्रह्मानन्द को पहली बार देखा तो वह देखते ही रह गई। उसका शरीर सोष्ठव, बोलने का अक्खड़ अंदाज़, आवाज़ में इतना दम की

सामने वाला चुप हो जाए। नज़दीकियाँ बढ़ी तो पता चला की वह सिर्फ़ शरीर से बोलने से, ही धनवान नहीं है बल्कि धन दौलत, ऐश्वर्य उसके चरण चूमते थे। उसके पास कई कोठियां, लक्ज़री गाड़ियां, नौकरों की पूरी फौज़ थी। मदिरा का शौक ज़रूर रखता था पर इतने सारे गुणों के सामने उसे अनदेखा किया जा सकता था। वैसे भी उसके व्यावसायिक हितों के लिए यह आवश्यक था। उसकी चकाचौंध भरी भव्य दुनिया में जो बड़े बड़े लोग व्यवसाय में साझेदारी के लिए आते थे उनके मनोरंजन हेतु मदिरा और कामिनी आवश्यक तत्व थे।

उसे लगने लगा जैसे बचपन में देखे गए मेरे सपने पूर्ण होने का समय आ गया। कभी कभी हम सोचते नहीं भाग्य उससे पहले और अधिक देने को उद्धत हो जाता है। शायद ऐसा ही उसके साथ होने जा रहा था। वह तो सोच ही रही थी कि उसकी तर.फ़ से प्रस्ताव भी आ गया। अन्धे को जैसे आँखें मिल गई हो। कल्पना भी नहीं की उससे ज्यादा उसके सामने था। एक बार मन में आया पार्थ को क्या बोलेगी? उसे कैसा महसूस होगा? उसका दिल तो नहीं टूटेगा? अगले ही क्षण सोच लिया दूसरों की चिन्ता मैं क्यों करूँ? पार्थसारथि के सपनों के लिए अपने बचपन से लेकर यौवन तक देखे सपनों का गला क्यों घोंट दूँ? जैस मन में तय किया था स्पष्ट कह दिया। मैं अपनी ख़ुशियों के लिए ब्रह्मानन्द के साथ जीवन जीना चाहती हूँ।

साधारण से दिखने वाले उस शख़्स के नाम का असर था या असल में पत्थर का बना था, जो भी हो ऐसे अवसर पर भी वह तनिक विचलित हुए बिना बोला जब तुमने निर्णय ही कर लिया तो अब कुछ कहने या समझाने का अर्थ नहीं रह जाता। हाँ तुमने बहुत सुखद पल दिए है मेरे जीवन में, वो मजाक से घन्टों हँसाते रहना, शीत ऋतु की प्रभात में मसालेदार चाय के साथ गार्डन में घंटों तुम्हारे साथ बतियाना। फूलों, पोधों, तितलियों, कोयल और चिड़िया के साथ तुम्हारी उपस्थिति किसी नशे से कम नहीं होती थी। इसलिए मेरा कर्त्तव्य भी बनता है कि कुछ अनुचित लगे तो तुम्हें चेतावनी दूँ। इतना अवश्य कहूँगा कि एक बार शान्ति से अपने निर्णय पर पुनर्विचार अवश्य करना। मेरे लिए नहीं बल्कि स्वयं के लिए। मुझे लगता है तुम्हारा निर्णय ठीक नहीं है। भौतिकता के चकाचौंध में जीवन अकसर दुखदायी होता है। मैं तो बस इतना जानता हूँ

जीवन जितना सीधा, सरल, प्रकृति के नज़दीक हो, उसमें मानव निर्मित यन्त्रों व अन्य चीजों का जितना कम उपयोग हो मनुष्य उतना ही सुखी रहता है।

तुम क्या सोचते हो वर्तमान सुखदायी है ?

ऐसा मैंने कब कहा ?

कोई भी दूसरा इंसान कैसे बता सकता है की आप सुखी हो ? हाँ अपने लिए कह सकता हूँ की मैं तो बहुत सुखी और संतुष्ट हूँ इस जीवन से।

क्या है तुम्हारे पास ? ढंग का मकान ? गाड़ी ? खर्च करने के लिए पैसा ? जब ये ही नहीं तो बाकी चीज़ों की बात करना भी बेमानी है।

इन्हें देख कर तो लोगों को लगता है आप बहुत सुखी हो पर इनके होने से आप सुखी हो यह आवश्यक नहीं।

तुमसे तो बहस करना भी बेकार है। ये सब तो कर सकते नहीं बस दिमाग ख़राब कर सकते हो। मैंने निर्णय कर लिया मतलब कर लिया।

जैसी तुम्हारी इच्छा। ईश्वर करे तुम्हारा भविष्य सुखद हो।

कैसा निर्लिप्त, निर्मोही आदमी है ? कोई चीखना चिल्लाना नाराज़गी नहीं, मेरी तो कोई कद्र ही नहीं इसके दिल में ? इस आदमी से मुझे कोई वास्ता ही नहीं रखना फिर भी दिल क्यों चाहता है की ये मुझे आवाज़ दे, पुकारे, चीखे चिल्लाए। प्रश्न कई थे पर अब इस उधेड़बुन में समय गँवाने का कोई अर्थ नहीं था। मुझे अपने सपने पूरे करने थे।

उसी दिन में ब्रह्मानन्द के नए बने बंगले में रहने लगी। वहाँ सचमुच आनन्द ही आनन्द था। दुनिया की सारी सुख सुविधाएँ, एक इशारे पर नौकर दौड़े आते। वह अन्य पुरुषों की भाँति अकेले आनंद में विश्वास नहीं करता था इसलिए कुछ ही दिनों में मुझे बीयर से वाइन और व्हिस्की का चस्का लग गया। कितना सुख मिलता था दो प्रेमी एक दूसरे में खोए हुए, बाँहों में बाहें डाले, मदिरा की चुस्कियां, आज्ञा के बिना इंसान तो क्या परिन्दे का प्रवेश भी वर्जित और इशारा करते ही एक नहीं दस लोग हाज़िर। दुनियादारी से दूर हमारी अपनी दुनिया, मेरे सपनों की दुनिया थी। दुनिया का कोई सुख, कोई ख़ुशी नहीं जो मुझे हासिल नहीं थी।

कुछ महीनों में ही घर से शुरू हुई यात्रा पब तक पहुँची और फिर पब में और आगे की यात्रा। पब में इतना पीते कि रिश्तों का भेद समाप्त हो जाता,

फिर पराया कोई नहीं, जो जिसे अपनाना चाहे उस समय वो अपना। शुरू में यह सब होने के पश्चात होश आने पर मन को अत्यन्त पीड़ा होती। ऐसा लगता जैसे कोई अपराध कर रही हूँ। उसे भूलने के लिए फिर पीने लगती। ऐसा करते करते दिन और रात, घर और पब का भेद समाप्त होने लगा। भीतर ही भीतर मन ज्यादा कचोटने लगता तो फिर इलाज़ एक ही दिखता बोतल। अब यह भी समझ में आने लगा था की ब्रह्मानन्द एक भंवरा है जैसे ही पुष्प पुराना हुआ नए के आकर्षण में बंध जाता। जिसे मैं अभी तक अनजाने में या नशे में उठाए गए कदम मानती थी वह सब अनायास नहीं बल्कि उसकी योजना से होता था।

अब सब कुछ जानते हुए भी मैं सुविधाओं और नशे की इतनी आदि हो चुकी थी कि छोड़कर जाने की हिम्मत नहीं बची। ब्रह्मानंद का मन अब यहाँ नहीं लगता था। महीने में एकाध बार ही आना होता था। सुनने में आया की नई कोठी और नई पुष्पलता के बाहुपाश में रहने लगा था। मेरी सुविधाओं में कोई कटौती नहीं की गई। कार्य भी वही पर फ़र्क़ इतना सा था कि पहले स्वेच्छा से होता था और अब उसकी आज्ञा से मेहमान नवाज़ी करनी पड़ती थी। पहले मन हर्षोल्लास से भर जाता था अब मन कचोटता था, स्वयं पर कोफ़्त होती, लज्जा आती। पहले चेहरे पर मुस्कराहट फैल जाती, मन आनंद से भर जाता अब चेहरे पर रुदन के भाव आते, मन अपने ही प्रति वितृष्णा से भर जाता।

अवसाद से छुटकारा पाने के लिए दिन हो या रात्रि स्वयं को मदिरा में डुबोए रखती। आज दिन में कुछ ज्यादा ही हो गई कब शाम और कब रात्रि हुई पता नहीं। रात्रि के तीसरे प्रहर में जागी तो महसूस हुआ रोम रोम दर्द से कराह रहा था। क्या हुआ? कौन था? ऐसे प्रश्न पूछने बेमानी थे। इस समय नौकर भी सब सो चुके थे। चुपचाप उठी रसोई में जाकर कुछ खाया। बेडरूम में आई तो खिड़की से भीतर झाँकती पूर्णिमा के चन्द्रमा की रौशनी। चन्द्रमा की शीतलता भी कितना झुलसा रही है? ऐसा लग रहा है सम्पूर्ण देह से अग्नि की लपटें निकल रही हो। जिन कवियों ने इसे शीतल कहा है अवश्य ही गले में बाँहें डाले प्रियतमा उनके साथ होगी। आज मेरे मन में शान्ति नहीं, अकेले में वह भटक रहा है तो पूर्णिमा का चन्द्र भी अग्निवर्षा कर रहा। बगिया में खड़ी रात रानी की सुगन्ध, कॉलोनी के हर घर को महका रही है मगर मेरे मन में हर्ष

की लहर पैदा नहीं कर पा रही है।

जीवन को, सुख को समझना कितना मुश्किल है? जितनी कोशिश करते हैं वह छूटता जाता है, बिखरता जाता है। सुख के लिए मैंने कितने ख्वाब देखे थे? कितनी मन्नतें मांगी थी कि अभावों भरी जिन्दगी से कभी तो मुझे भी मुक्ति मिले। मेरे पास भी एक शानदार कोठी हो, बड़ी लक्ज़री गाड़ी हो, बाज़ार जाऊं तो पैसे की तंगी से मन नहीं मसोसना पड़े, घर के काम के लिए इतने नौकर हो की सफ़ाई, कपड़े धुलाई, खाना बनाना ही नहीं मुझे अपनी खाने की प्लेट तक को हाथ भी नहीं लगाना पड़े। मेरे आदेश करते ही उसका पालन हो जाए, मुझे हिलना भी नहीं पड़े। सिर्फ चन्द्रमा का प्रकाश ही नहीं है, कितनी ही यादें छिपी हैं इसमें, जो धीरे धीरे मेरे सामने पोटली खोलते हुए ललचाए जा रही थी। स्मृतियाँ पटल पर आती जा रही रही थी और आँसू नयनों के दरिया की सीमा लाँघ कर चेहरे पर। लगा जैसे अभी कल की ही तो बात है। यही पूनम का चाँद साक्षी था, इसकी धवल चाँदनी में दीप्त होते मैं और पार्थ। बेडरूम में पहुँचते ही बोला था चाँद भी तुम्हारे जैसा ख़ूबसूरत नहीं, ऐसी मासूमियत किसी में भी नहीं हो सकती।

मैं शरारत करते हुए बोली, चल झूठे आज इतनी तारीफ़ें? कोई विशेष कार्य? बोल दो तुम्हारे लिए जान भी हाज़िर है, इतना मस्का मारने की ज़रूरत नहीं।

अजी कोई खास नहीं बस इस धवल रोशनी में आपकी बाँहों में बाँहें डाले कॉफ़ी का आनन्द मिल जाए तो जीवन सफल हो जाए।

मेरे आका, आपका हुकम सर माथे, बन्दी अभी दो कप कॉफ़ी का इंतजाम करती है...हा हा हा। कॉफ़ी के साथ घन्टों कभी एक दूसरे को तो कभी चन्द्रमा को निहारते हुए बातें करते रहते। दीन दुनिया से दूर निश्चिन्त भाव से, सुकून से सिर्फ़ अपनी ही दुनिया में खोए हुए जागते रहते और जब सोते तो ऐसी गहरी नींद जैसे फिर कभी उठना ही न हो।

एक साधारण सा इन्सान, छोटा सा घर, मुट्ठी भर वेतन। एक ही बात कहता जाहि विधि राखे राम....उसे बाहरी दुनिया से कोई फ़र्क़ नहीं पड़ता। उसके कपड़े फटे पुराने हैं या गंदे हैं, कभी क्लीन सेव्ड तो कभी लहराती हुई दाढ़ी, लोग क्या कहेंगे इससे उसे कोई फ़र्क़ नहीं पड़ता। कपड़े धोने में

मुझे कष्ट होगा इसलिए वो पूरे सप्ताह वही कपड़े पहन लेता। वैभव नहीं था फिर भी सुकून था। उसे मुझसे कभी कोई शिकायत नहीं होती। जब देखो हँसते मुस्कराते दिखता। वो, मैं, पुस्तकें, संगीत, छोटी सी बगिया में खिले फूल और पौधे, यही हमारी दुनिया थी और इसमें से किसी को किसी से भी कोई शिकायत नहीं थी। सुख के साधनों का अभाव अवश्य था पर सुख का नहीं। चारों ओर सुख ही सुख, सुकून, चैन। आज दुनिया का प्रत्येक साधन उपलब्ध है पर रात करवटें काटते हुए निकलती है या फिर नशे में वक़्त काटना पड़ता।

पतित

उसने कुछ समय पूर्व ही स्कूल ज्वाइन किया था। कोई भी नया व्यक्ति आता है तो सभी को उसके बारे में जानने की उत्सुकता रहती ही है। एक दो अध्यापिकाओं ने मिलते ही जानकारी लेने कि कोशिश की परन्तु नाम से आगे पूछते ही उसने यह कहकर बात समाप्त कर दी कि मैं बताना आवश्यक नहीं समझती। फिर बिना किसी मेल मिलाप, परिचय, जानकारी के बच्चों को पढ़ाने चली गई। उसका नाक-नक्श, रूप-सौन्दर्य, नाजुकता, कपड़े-लते देखकर लगता था किसी कुलीन घर से है।

दोपहर लंच ब्रेक में वह स्टाफ रूम में नहीं आकर लाइब्रेरी में ही बैठी रही। यूँ एकान्त में बैठना उसकी आदत थी या फिर जानबूझ कर ऐसा किया कोई नहीं जानता। स्टाफ रूम में जो दो अध्यापिकाएं उससे मिली थीं वे सभी को जानकारी दे रही थी कि 'ध्रुविका' नाम के अलावा वो इतना ही जान पाई, बल्कि खोज पाई कहना उचित होगा कि उसके गले में मंगलसूत्र, मांग में सिन्दूर और पैरों में बिछिया थी अर्थात् वह एक विवाहिता थी परन्तु पति, बच्चों, माँ-बाप या परिवार के बारे में जानकारी देना नहीं चाहती थी।

निदेशक का चमचा कहा जाने वाला चपरासी स्टाफ रूम में आया। चपरासी होते हुए भी अपने महत्व का भान उसे था। इसलिए सामने वाली कुर्सी पर बैठा। उसके बारे में बताने लगा तो सभी एकचित्त हो कान लगाकर सुनने लगे।

नयी मैडम ने बी.ए., एम.ए., बी.एड. के आलावा वकालत व एक दो डिग्रियां और भी कर रखी हैं।

इतनी डिग्रियों का सुनकर एक बारगी तो सभी हीन भावना से ग्रस्त हो गए पर जब उसने कहा हमें अभी और मास्टर की आवश्यकता तो थी नहीं पर ये बेचारी कोई किस्मत कि मारी लगती थी इसलिए साहब ने तरस खाकर रख लिया। अब गले में अटकी साँस को रास्ता मिला, उन्हें कुछ चैन आया कि डिग्रियाँ भले ज्यादा हो पर नौकरी तो तरस से ही मिली हैं। सभी कि आँखें, विशेष कर महिला टीचर्स की आपस में मिली और समझ गई कि साहब ने तरस क्यों खाया?

समय अपनी गति से चलता रहा सभी टीचर्स के प्रयासों से इतनी ही जानकारी मिली कि वह किसी अच्छे और बहुत पैसे वाले संभ्रांत परिवार से थी। प्रेम विवाह किया तो परिवार ने रिश्ता तोड़ लिया। शादी के एक दो वर्ष बाद ही पति से भी रिश्ता टूट गया। कारण कोई नहीं जानता था। परित्यक्ता होने का पता लगते ही निदेशक कि तरस का कारण टीचर्स में और स्पष्ट हो गया।

इस जानकारी के सार्वजनिक होते ही उसके हमउम्र के साथ साथ पिता कि आयु वाले टीचर्स भी नजदीकियां बढ़ाने की कोशिश में लग गए। रिश्ते प्रगाढ़ करने के उद्देश्य से उसके घर तक जाने लगे। शुरू में तो उसने सभी का स्वागत किया लेकिन जैसे जैसे हकीकत सामने आती गई वो द्वार बंद करती गई। यही हाल मोहल्ले के युवकों व अधेड़ों का हुआ। मिलनसार साथियों, पड़ोसियों सभी से हँसकर बात करने वाली उस महिला ने धीरे-धीरे अपने को घर में ही क़ैद कर लिया था। अब वह बोलती थी तो सिर्फ क्लास के बच्चों से।

वह क्या थी? कैसी थी? उसके सोच विचार, चाल-चलन, चरित्र, उसे पति ने या उसने पति को क्यों छोड़ा? सच पूछा जाए तो कोई नहीं जानता था। हाँ, इतना स्पष्ट था कि यहाँ पर किसी को भी अपने कन्धे पर हाथ नहीं रखने दिया। यही कारण था कि अपने निकृष्ट इरादे पूर्ण न होते देख अधिकांश पुरुष टीचर्स एक मत हो कर उसे पतित साबित करने लग गए। महिला टीचर्स ज्यादा योग्यता या फिर कम बात करने को अभिमान मानकर ईर्ष्या रखने लगी। निदेशक महोदय कि नाराज़गी तो स्वाभाविक थी क्योंकि जिस अपेक्षा से उन्होंने

तरस खाया था उसके पूर्ण होने के दूर दूर तक कोई आसार नज़र नहीं आते थे। उसके पक्ष में कुछ था तो बच्चे, वे उसे बहुत चाहते थे। उनके पढ़ाई के स्तर में भी आश्चर्यजनक बढ़ोतरी हुई, यही कारण था कि अभी तक उसकी विदाई नहीं हुई वरना निदेशक कि नाख़ुशी के बाद एक दिन भी कोई अध्यापिका वहाँ कार्य नहीं कर पाई थी। आर्थिक परेशानी नहीं होती तो वह स्वयं एक पल भी इस अकेलेपन, घुटन भरे माहौल में नहीं रहना चाहती थी पर मज़बूरी इन्सान को कितना लाचार कर देती है उससे ज्यादा कौन जानता होगा ?

ध्रुविका के जन्म से पूर्व ही उसके पिताजी के यहाँ पूजा पाठ करवाने आते थे ज्ञानीजी। पूरा नाम था पण्डित ज्ञान प्रसाद। लक्ष्मी जी को बटोरने में व्यस्त रहने से पिताजी को तो समय मिलता नहीं। पूजा पाठ की सारी जिम्मेदारी ध्रुविका पर थी। ज्ञानीजी तो आते ही थे कभी कभी सहायता करने मुनीम भी आ जाता था। जब से सेठानी जी अलविदा कह गई थी मुनीम दुकान के साथ घर के काम में भी हाथ बंटाने लगा था।

अब ध्रुविका अट्ठारहवां वर्ष लाँघ चुकी थी। मुनीम इतना चतुर कि ध्रुविका के इशारे से भी पहले भाँप जाता उसे क्या चाहिए। जरुरत कि हर चीज़ नौकरानी से पहले 'जी मेडम' के साथ उसके सामने लेकर तैयार खड़ा होता। इस तरह से ध्रुविका का ख़याल रखना, छोटी सी भी परेशानी हो तो उसे स्वयं चिन्ता नहीं होती उससे अधिक मुनीम चिन्ता करता। इस तरह से मुनीम न जाने कैसे और कब उसके हृदय में रच बस गया वह भी न जानती। वह तो बस इतना जानती थी कि अब उसके अभाव में जीवन सम्भव नहीं था। देर सवेर यह बात व.फ़ादार नौकरों द्वारा सेठजी तक पहुँची। उसी दिन से मुनीम नौकरी से निकाल दिया गया। बेटी को भी बहुत समझाया मैं तेरे सुख के खातिर उसका विजातीय होना भी स्वीकार कर लेता, नौकर के साथ भी रिश्ता कर लेता पर बेटा मैं जानता हूँ वह लड़का ठीक नहीं है, तेरे योग्य नहीं है। अत: यह विचार त्याग दे।

जीवन के उस काल में जब अंग अंग में यौवन प्रस्कुटित हो रहा हो, जब भविष्य के सतरंगी सपने आँखों में रूप ले रहे हो, तब निश्छल मन ने जिसे अपना समझा ऐसे में उसे भूल जाना जैसी बातों का असर किस पर पर हुआ हैं जो आज ध्रुविका पर होता। अब उसे कुछ भी अच्छा नहीं लगता, चिड़चिड़ी हो

गई, भूख नहीं लगती, शृंगार, गाना, नाचना सब कुछ बंद। प्रभात के इंतज़ार में पूर्ण रात्रि करवटों के साथ निकलती। कभी अगर नींद आ भी जाती तो स्वप्न में एक ही मूरत दिखती मुनीम।

ऐसे में उसका सहारा बने ज्ञानीजी। हाथ देखकर इशारा किया भाग जा उसके साथ। कोई अड़चन आए तो मेरे को बुला लेना सब ठीक कर दूंगा। उसने वही किया, मुनीम के साथ अपना घर बसा लिया। वह जानती थी पिता जी से वापस किसी तरह संपर्क सम्भव ही नहीं था अत: कोशिश भी नहीं की। ज्ञानीजी समय बेसमय उसकी कुशलक्षेम की जानकारी लेने अवश्य आ जाते।

जब पाशविक स्तर पर जीने वाले मनुष्य की वासनाएँ सहज रूप से कोई देह पूरित करने लग जाए तो शीघ्र ही उस पशु कि दृष्टि में दैहिक सौन्दर्य का प्रभाव समाप्त होने लगता है। देह और वासना की क्रीड़ा कभी दीर्घकाल तक नहीं चली तो आज अपवाद कैसे हो जाता। ऐसा ही ध्रुविका के साथ हुआ दैहिक आवश्यकताओं पर आधारित रिश्ता चरमराने लगा। एक वर्ष के पूर्ण होते होते मुनीम का तथाकथित प्रेम उच्चतम शिखर से वसुधा पर आ गिरा। अर्थाभाव ने इस आग में घी का काम किया। दखलंदाजी या मध्यस्थता करने वाला भी कोई था नहीं। ज्ञानी जी कभी वहाँआकर अवश्य रुक लेते थे ऐसे में उनकी उपस्थिति के समय थोड़ी शान्ति रहती पर भीतर की वैमनस्यता बाहर के उपायों से कब रूकती है ?

भीतर जब सुनामी चल रही हो तो बाहर कब तक शान्ति रहती। ज्ञानीजी की उपस्थिति से रहने वाली शान्ति भी टूटने लगी अब उनके होते हुए भी मुनीम भूचाल खड़ा कर देता। आख़िर ज्ञानीजी ने अनेक बार ध्रुविका के हाथों को अपने हाथों के बीच मसलते निष्कर्ष निकाला कि इस बन्धन का टूटना अवश्यंभावी है। उनका ज्योतिष का ज्ञान सच था या जीवन का अनुभव वे ही जाने पर ध्रुविका के जीवन में वह दिन आ गया। सात जन्मों का साथ देने के वचन न जाने ग्रहों से हारे, नियति से, या ज्ञानीजी की सलाह के असर से ऐसा हुआ पर अलगाव के साथ इस प्रेम कहानी का दुखद अंत हुआ।

उसी दिन से ध्रुविका ने यह स्कूल ज्वाइन किया था। उसकी निश्छलता को छला गया था या बड़ों की अनुभवजन्य सलाह न मानने की सज़ा, जो कुछ बुरा घटित हुआ उसने स्वीकार किया। उसे बहुत रोना आया जब फूटी किस्मत ने

यहाँ भी पीछा नहीं छोड़ा। सभी लोग अपने स्वार्थवश उसे पतित साबित करने में लग गए। अपने काम से काम, पूजा, पाठ, ध्यान, किसी का अमंगल नहीं करने के बावजूद नियति उससे क्या चाहती थी? किस जन्म का बदला लेना चाहती थी? कोई नहीं जानता।

ऐसे में अचानक एक दिन ज्ञानीजी आ टपके, अब की बार आए तो जाने का नाम ही नहीं ले रहे थे। सत्तर वर्षीय विधुर घर में अकेले ही थे। ऐसे में वापसी का कैसा मोह होता? यह सोचकर कि आयु में पिता से भी बड़े हैं, हर दुःख सुख में काम आए हैं, इस निःसंतान अभागे ब्राह्मण को पुत्री का स्नेह मिलेगा तो उसके भी चार दिन प्रसन्नता से कट जाएंगे और बस्ती होने से मेरा भी मन लगा रहेगा। क्या पता ब्राह्मण को भोजन से ही प्रभु कि कृपा हो जाए? यही सब सोचकर उसे उनके वहाँ रहने में कोई आपत्ति नहीं थी।

आज उसे स्कूल के साथी अध्यापकों से इतने ताने सुनने पड़े की घर आकर साड़ी भी नहीं बदली। सीधे बिस्तर पर जाकर ओंधे मुँह रोने लगी। ज्ञानीजी आए उसे चुप कराने लगे। आँसू पोंछे, ललाट पर एक चुम्बन लिया। उसे कुछ असहज तो लगा पर पितृभाव वश मान कर चुप रह गई। ज्ञानीजी के कलुषित मानसिक ज्ञान ने इस चुप्पी को सहमति समझा। उसे बाहों में भर लिया और बोले मैं सब ठीक कर दूँगा, तू तो बस मेरी रानी बन कर देख।

ध्रुविका तो स्तब्ध रह गई। विचारशून्य हो गई परन्तु न जाने अचानक से उसकी देह में इतनी ताकत कहाँ से आई कि स्वयं को भारी भरकम शरीर वाले वृद्ध के बाहुपाश से एक झटके में छुड़ा लिया। इतना ही नहीं उन्हें जोर के धक्के से बिस्तर से नीचे गिराने में भी सफल रही। सिर में लगी चोट से कुछ रक्त बहा पर उससे शायद दोनों को ही कोई मतलब नहीं था। बिस्तर से नीचे उतरी और सीधे जाकर दरवाज़ा खोला ज्ञानीजी उसे बचपन से जानते थे। एक बार उसने जो विचार कर लिया फिर तर्क, डर, स्नेह कोई भी उसे परिवर्तित नहीं कर सकता। इसलिए अब कुछ सोचना या कहना व्यर्थ था उन्होंने थैला उठाया और चल दिए।

दरवाज़ा बन्द करके वापस आकर बिस्तर पर पड़ी रोती रही, बहुत देर तक रोते रोते सोचती भी रही। घंटों तक मन में चले तर्क वितर्क में समाज की रीत पर, उसके दोहरे चरित्र पर बहुत खीज आई कि आख़िर क्यों उसके साथी

टीचर्स, मोहल्ले के मनचले, पण्डित ज्ञान प्रसाद सभी पाक हैं? पवित्र हैं? और वह पतित! वह जानती थी या सृष्टि का रचयिता कि कौन पाक है और कौन पतित पर इस दोगले समाज के भीतर उसके जैसे हज़ारों पतित है जिनके साथ ऐसा अन्याय हो रहा है।

पसरती ठण्ड

कमरे में ये इतना प्रकाश ? खिड़की से देखा तो मुस्कराता हुआ चाँद दिखा। वर्षों हो गए पर आज पहली बार कमरे के भीतर चाँद की इतनी रोशनी देखी। शायद वक़्त ही नहीं मिला या उसके चेहरे पर ही नज़रें टिकी रही। कारण जो भी हो प्रकाश ऐसा था कि जैसे दिन उग आया हो। खिड़की में लगे मकड़ी के जाले किसी कलात्मक लैंप का आभास दे रहे हैं। तुम इन्हें मौका ही कहाँ देती। एक छोटा सा जाला दिखा नहीं की लम्बी वाली झाड़ू लेकर भागना शुरू हो जाती थी पूरे घर में।

मुझे कई बार लगता था तुम कितनी क्रूर हो, सोचती भी नहीं इन जालों में कितने अरमान होंगे, कितने काश होंगे, उस मकड़ी के जिसने एक एक धागा जोड़कर घर बनाया होगा। क्या गुज़रती होगी उसके दिल पर जब कोई बड़ी बेदर्दी से उसके आशियाने को कुचल देता है। यह सच है कि समरथ को दोष नहीं गोसांई पर उसके विदीर्ण हृदय से हाय तो निकलती ही होगी। ध्वनि की उन तरंगों का भी तो अपना अस्तित्व होता होगा। हमारे मन्त्र, जाप, दुआएँ, बद्दुआएँ अगर किसी परमसत्ता तक पहुंचती है तो उसके भयाक्रांत बेबस मन से निकली वह ध्वनि भी तो उस तक पहुँचती होगी। उसके दरबार में तो सभी को न्याय मिलता है। क्या पता क्या सजा मिले इसके बदले। इसलिए मना करता, इन्हें मत हटाया करो।

हँसते हुए उसकी प्रतिक्रिया होती, साहेब स्मरण रहे आप इंसान हैं।

दर्शनशास्त्र पढ़ कर महावीर या बुद्ध बनने की कोशिश न करें। कल उनकी तरह देह पर मकड़ी के जाले और पौधे उग आएँगे तो ये सारा दर्शन विस्मृत हो जाएगा। तब परमसत्ता की जगह मेरी और इस झाड़ू की सत्ता याद हो आएगी। अब आप आराम से चाय की चुस्कियाँ लीजिए और अहिंसा का प्रवचन बंद करके मुझे गीता के अनुसार अपना कार्य करने दीजिए। कभी अकाट्य तर्क सुन कर लगता तुम मेरी तरह अनावश्यक भावनाओं के प्रवाह में नहीं बहती, पूर्णत: सन्तुलित व्यावहारिक जगत् में रहती। कभी चेहरे के भाव आभास देते कि शायद तुम एक अनजाने भय से डरती हो, चाँद की ऐसी ही रौशनी, ये कलात्मक जाले या फिर ऐसी ही अनेक चीजें मुझे अपने मोहपाश में बाँध कर तुमसे दूर कर देंगी, या नहीं भी करे तो मेरा प्रेम तुम्हारे और इनके बीच बंट जाएगा।

जानता हूँ हद से ज्यादा प्रेम बहुत करती हो मुझसे, खुद से भी ज्यादा पर तेरी आदतें कितनी अजीब सी हैं। जहाँ दुनिया जहान की सारी औरतों को सजना-सँवरना, आराम से बैठना अच्छा लगता है पर तुम सुबह उठते ही बाल बिखेरे हुए भूतनी की तरह झाड़ू और पोचा हाथ में ले कर भागनी शुरू हो जाती हो। मैं रोज़ पक्षियों की चहचाहट से जागना चाहता हूँ पर उससे पहले घर की खिड़कियों के चर्र चर्र करते हुए खुलने की आवाज़ से उठना पड़ता है या फिर नींद खुलने से पहले ही कुरता पायजामा खींच रही होती हो। जब बोलती हो वापस सो जाओ पर कपड़े मेरे को दे दो, धोने हैं, तो लगता है जैसे सूर्य देव ने बिना धुले कपड़े देख लिए तो तुम्हारी ए. सी. आर. बिगाड़ देंगे। ढीठ की तरह इन सबसे भी आँख न खोलता तो आख़िरी दाँव चलती। वो ये की नहाने के बाद गीले बाल मेरे मुँह पर... बाथरूम में नल के टप-टप की आवाज़ ही बहुत होती है किसी को जगाने के लिए यहाँ तो चेहरे पर टपकती बूँदें फिर भी कुछ कमी रह जाए तो गीले बालों से गुदगुदी। बिना ब्रश के पानी भी नहीं गटकने वाले को जब पांच बजे गीले बालों के साथ चाय लेकर बेड में घुसती तो जबरन बेड टी लेकर फिर से ऊँघना पड़ता है। सुबह की तुम्हारी इस भागादौड़ी ने और कुछ किया न किया मेरी आदतें ज़रूर बिगाड़ दीं।

कभी तो चैन की साँस ले लिया करो। सुबह घर की भागदौड़, फिर ऑफिस, वापस आकर बच्चों की चिन्ता, सब कुछ ठीक तो ऑफिस के साथियों और उनके घरवालों की चिन्ता। इस उधेड़बुन में मैं कन्फ्यूज हो जाता

हूँ, सुबह हुई है, शाम या फिर रात, जाग रहा हूँ, जागते हुए ख़्वाब देख रहा हूँ या फिर सोते हुए सपने। कुछ सुस्ता लो, आराम कर लो, कितना समझाता हूँ पर हर बार, चैन मेरे नसीब में नहीं, यह कह कर टाल देती हो।

ऐसा लगा चाँद आसमान से उतर आया है और खिड़की के बाहर से भीतर की तरफ़ झाँक रहा है फिर लगा चाँद कहाँ, वो तो तुम हो। खिड़की के उस तरफ़ खड़ी हो और भीतर तुम्हारी परछाई पूरे बेड पर इस तरह से पसरी है जैसे दिन भर की थकान के बाद निश्चिन्त हो कर तुम सोती हो।

आवाज़ दी, भीतर आ जाओ, तुम कभी अपना ख़याल नहीं रखती। कितनी लापरवाह हो? खाँसी भी हो जाए तो औरतें घर को सिर पर उठा लेती हैं पर तुम्हें हर बार मुझे कहना पड़ता है। सर्दियाँ आ गई हैं स्वेटर पहन लो, शाल ओढ़ लो, अब पानी में गीली मत हुआ करो पर तुम मानती कब हो? मेरा बोलना तो तुम्हारे लिए बेक ग्राउंड म्यूजिक हो गया है, बोलते रहो, मैं तो ऐसे ही काम करती रहूंगी। बीमार होने पर भी कौनसी परवाह है, गोली भी हाथ पकड़ कर हथेली में रखूं तो लोगी वरना तपती रहो बुखार से या खांसती रहो जैसे ख़ुद को कोई फ़र्क ही नहीं पड़ता। सारी चिन्ता तो मुझे ही करनी है क्योंकि तुम्हें कुछ हो गया तो मेरा ख़याल कौन रखेगा।

सुनिए...मैडम जी कितनी ठण्ड है? बर्फ बरस रही है, जानती हो? मैं तो भीतर भी मोटी कम्बल के बावजूद कांप रहा हूँ। जब गर्म ब्लोअर ऑन किया तो जाकर कुछ चैन पड़ा और तुम हो की अभी भी बाहर खड़ी हो। देखो वक़्त क्या हुआ है? अरे, तुम कहाँ से देखोगी? तुम तो बाहर खड़ी हो, वहाँसे घड़ी कहाँ दिखती है।

मैंने घड़ी की तरफ़ देखा, वो टिक टिक करती हुई बोली रात्रि के ढाई बज रहे हैं।

तुम किससे बातें कर रहे हो?

मुझे लगा जैसे की आज तो चोरी करते हुए पकड़ा गया।

तुम अपना काम करो, पंचायती करने का नहीं कहा, सिर्फ़ समय पूछ था।

खिड़की के बाहर उसकी ओर मुखातिब और मुखातिब होते हुए बोला, देखो कैसी दुनिया है? ज़िन्दा हो या मुर्दा हर कोई अपना महत्त्व बताने के लिए

एक पूछो चार सुनाता है। प्यारी बीवी के नखरे उठाना तो समझ आता है पर इस नकचढ़ी घड़ी को देखो ये कलूटी भी तुम्हें देख कर अपना रंग बदलने लगी। कल इस घड़ी को यहाँ से हटा कर तलघर में पटक देना तब समझ आएगा। मेरे पास मोबाइल है टाइम देखने के लिए।

घड़ी हँसने लगी, पर घूर कर उधर देखा तो बच्चों की तरह सहम कर चुप हो गई।

मैंने गर्वित मुस्कान लिए खिड़की के बाहर उसकी तर.फ देखा पर यह क्या? वहाँ तो कोई भी नहीं, न तुम, न चाँद। फिर याद आया कोई हो भी कैसे सकता था, पीछे चौक के बाद बहुत बड़ी दीवार और दरवाज़ा था जिस पर ताला लगा रखा था। उस दीवार को फांदकर कोई इंसान नहीं आ सकता था। चौक आकाश में खुलता था जहाँ से सि.र्फ चंदा की चाँदनी आ सकती थी। पर मेरी चाँदनी तो आकाश में तारा बन गई, उसकी रोशनी ही उतरी होगी चौक में। नहीं नहीं वो कैसे उतरेगी, तारों में इतनी रोशनी कहाँ कि इतनी दूर खिड़की में झाँक सके।

एक एक तारे को ठीक से देखने लगा, जाने किसमें तुम्हारा चेहरा दिखाई दे जाए, थोडा सा ही चूका नहीं की मिस हो गया तो। तुम इतनी दूर अकेली कैसे चली गई? आज तक तो घर के बाहर सब्जी वाले की दुकान तक भी नहीं गई थी। मैंने जाने कैसे दिया? रोका नहीं तुम्हे? तुम्हारे बिना मैं यहाँ क्या कर रहा हूँ? अपने पर ही शक होने लगा क्या मैं ज़िन्दा हूँ? मेरे तो प्राण तुम्हारे में बसते थे फिर मैं ज़िन्दा कैसे हो सकता हूँ? इसका मतलब मैं मर चुका हूँ। अगर मर गया तो लोगों ने अभी तक जलाया क्यों नहीं? हाँ अब समझ आया रात है ना, सुबह का इंतज़ार कर रहे होंगे।

ये रोने की आवाज़ किसकी है? तुम्हारी ही होगी, मेरे मरने पर आधी रात तक और कौन रोएगा? पर तुम तो पहले ही तारा बन चुकी हो अब कैसे रो सकती हो? तब फिर माँ, पिताजी, भाई या बच्चे होंगे। नहीं नहीं रोने की नहीं, ये तो किसी के जोर से साँस लेने की आवाज़ है। हाँ साँसें ही हैं अब तो उनकी गर्माहट भी महसूस हो रही है। एक दुविधा से निकला ही नहीं कि ये साँसे फिर उसी चौराहे पर ले आई। जब मैं निष्प्राण हूँ तो साँसों की गर्माहट कैसे महसूस हो सकती है?

तो क्या हम दोनों ज़िन्दा हैं? अपना हाथ उस गर्माहट की तरफ़ बढ़ाया। हाथ ने दैहिक उष्णता महसूस की, उसी समय तुम्हारे हाथ से मेरे चहरे पर स्पर्श हुआ। आवाज़ सुनाई दी, क्या हुआ नींद नहीं आ रही? सिर दबा दूँ या प्यास लगी है तो पानी ले आऊँ?

हूँ...अचानक से नींद खुली।

ऐसे आँखें फाड़ कर क्या देख रहे हो? मैं ही हूँ कोई भूतनी नहीं।

बाहर चाँद अब भी मुस्करा रहा था। खिड़की से भीतर आता दूधिया प्रकाश बगल में उसके मुख को प्रदीप्त कर रहा था। मुँह पर शान्ति और सुकून। न सिर्फ़ आश्वस्त हुआ बल्कि ढेर सारा प्यार आया उस मासूम चेहरे पर। उधर हाथ बढ़ाया तो उसने दोनों हाथ बढ़ाए। दोनों ने एक दूसरे को बाँहों में भर लिया। चेहरे पर होंठों का स्पर्श करते हुए बोली क्या हुआ? कोई बुरा सपना देखा?

हाँ शायद।

हाँ शायद से क्या मतलब?

था तो सपना ही, शायद, इसलिए कि हो सकता है अदृष्टा भविष्य के कोई दृष्टान्त की तरफ़ इशारा कर रहा हो। मृत्यु कौनसा समय पूछ कर किसी का आलिंगन करती है?

वर्तमान में लौट आओ मेरे प्राणनाथ। मेरे होते हुए आप कहाँ जाएँगे? यमराज आ भी गए तो उनसे मोहल्लत माँग लूंगी कि मेरे प्राण हैं तब तक नाथ को नहीं छोड़ सकती और मैं चली गई तो आप एक दिन भी रह पाएंगे क्या? तब फिर क्यों सोचते हो ये सब? जब भी होगा आसमान में दो तारे एक साथ प्रकट होंगे। भूतनी पल्ले पड़ गई है, अब छोड़ेगी नहीं, यूँ पीछा छुड़ाने वाले सपने लेना बन्द करो।

लोग क्यों रिश्तों की गर्माहट कम होने देते हैं? दूरियाँ बना लेते हैं? मैं कभी दूर नहीं होने दूंगी।

कितनी ठण्ड है? देखो ना थोड़ी सी देर दूर क्या हो गई, ठण्ड पसर गई।

बाँहों की पकड़ मज़बूत करते हुए बोली, अब नींद आ जाएगी। तुम व्यर्थ में सोचते बहुत हो.... ललाट पर होंठ और आँखों पर हाथ रख कर बोली सो जाओ।

शापित धोरा

सागर की दस वर्षीय बेटी के चोट आई तो रोते हुए माँ के पास आई और बोली सब लड़ती रहती हैं, मुझे नहीं खेलना इनके साथ। ननिहाल में बुआ आपके साथ कितने प्यार से बातें करती हैं ? कभी लड़ती नहीं। मेरे बुआ क्यों नहीं है ? बच्ची तो प्रश्न करके चली गई पर सागर खो गई पुरानी स्मृतियों में।

उसकी आयु कोई पंद्रह सोलह वर्ष रही होगी। अभी तो उसका अल्हड़पन, बचपना, ज़िद्दीपना कुछ भी नहीं गया था। ठीक से अपने प्रियतम, सपनों के राजकुमार, पतिपरमेश्वर, का अर्थ भी नहीं समझा था। उसका विवाह संस्कार सम्पन्न हुआ और जिम्मेदारियों के बोध से अपरिचित वह बालिका बहु बनकर ससुराल आ गयी। अग्रज नहीं हो तो उसका स्थान अनुज ले लेता है। सास के अभाव में घर का दायित्व जेठानी ने ले लिया था।

उसके पति राजकीय सेवा में थे और एक माह का अवकाश पूर्ण होने आया था, बस एक दिन और बचा था।। कल तो उन्हें वापस जाना पड़ेगा ? पहली बार उसे अनुभव हुआ कि जब मन प्रसन्न होता है तो समय का प्रवाह कितना तेज होता है। अपने प्रियतम की बाँहों में उसे विश्वास ही नहीं हो रहा था कि एक माह निकल गया। ऐसा लग रहा था जैसे कुछ पल ही हुए हैं। उसकी आँखों से अश्रुधारा बह निकली, पति कि हालत भी उससे कुछ भिन्न नहीं थी पर पुरुष मन जो ठहरा, कोई उसके पुरुषत्व को ललकार न दे इसलिए

सारे आँसू पी गया। प्रभात की पहली किरण के साथ ही वे वापस ड्यूटी पर चले गए।

अब समय काटने लिए घर का कार्य ही था। वह स्वयं को पूरा व्यस्त रखती ताकि गाहे बगाहे अनावश्यक रूप से पति की स्मृतियाँ परेशान नहीं करे। कार्य से मुक्त हो जाती तो बच्चों के साथ गपशप में मशगूल हो जाती।

आज संध्या भोजन के पश्चात दिन भर कि थकी हारी सागर कुछ सुस्ता रही थी कि उसकी दृष्टि खिड़की से झाँकती रोशनी पर पड़ी। वो उठी खिड़की से बाहर झाँका, बच्चे खेल रहे थे। उस आकर्षण से वह अपने को रोक नहीं पाई। बाहर जाकर देखा, जिस भान्ति सुहाग की बिन्दी उसके ललाट की शोभा बढ़ा रही है ठीक वैसे ही पूर्ण गोलाकार पूनम का चाँद आकाश की आभा बढ़ा रहा है। चन्द्रमा के दूधिया प्रकाश पुंज जब मरुधरा के इन धवल टीलों पर पड़ते हैं तो आँखे विस्मित सी देखती रहती हैं और इंसान आत्म विस्मृत हो जाता है।

धोरों पर फैले चाँदनी के मायाजाल में वह भी आत्म विस्मृत हो कर भूतकाल में पहुँच गयी जब पति उसके पास थे। कितना प्रेम करते थे? कितना ख़याल रखते थे। कितना अच्छा हो कि हमेशा के लिए मेरे पास ही आ जाए फिर तो आठों प्रहर हम एक दूसरे में खोये रहें। कितना सुखद होता है उनके साथ रहना और कितना कष्ट भरा है उनके बिना रहना। विरह की वेदना में झुलस रही इस नवविवाहिता षोडशी के अश्रुधारा बह निकली। जब खेलते बच्चों ने देखा तो आवाज़ दी।

काकीसा (चाचीजी)

वह तो वहाँ थी ही कहाँ जो सुनती? उसने सुना नहीं तो दोड़कर माँ के पास पहुँचे।

माँ काकीसा रो रहे हैं।

जेठानी दौड़ते हुए पहुंची और बाँह से पकड़ कर ज़ोर से आवाज़ दी 'बींदणी' (बहु) तो उसकी तन्द्रा टूटी। वह वर्तमान में लौट आई। तुम्हें पता है? तुम पेट से हो। फिर यहाँ क्या कर रही हो? उसको बोलने का अवसर दिए बिना ही बोली आगे से कभी भूल से भी इस धोरे पर पैर मत रखना। हाथ पकड़े ही उसे घर के अंदर तक ले गई। उस बेचारी को तो ये भी समझ में

नहीं आया कि ऐसा क्या अपराध कर दिया उसने? जब जेठानी की बेचैनी कुछ कम हुई तो उसने पूछा।

जी, रात में घर से बाहर निकली इसलिए आप नाराज़ हैं हमसे?

नहीं बेटा, बाहर निकलने से मैं क्यों नाराज़ होने लगी तुमसे? बस ध्यान रहे उस शापित धोरे पर कभी गलती से भी पैर मत रखना। वह क्रूर, निर्मोही न जाने कितनी सदियों से बच्चों को निगल रहा है।

उसके मन में सैकड़ों प्रश्न एक साथ उठ खड़े हुए। यह धोरा शापित कैसे हुआ? यह धोरा भी तो आख़िर इस भूमि का भाग है, इस वसुन्धरा ने वनस्पतियों का सृजन किया, जन्म दिया, हमारी पालनहारिणी वही है। कोई सृजनहारा, जन्मदाता, पालनहारा कैसे किसी को निगल सकता हैं? किसी शाप से भी हुआ तो कैसे? क्यों? उस शाप का कोई कारण, कोई कहानी तो होगी, मुक्ति का भी कोई उपाय तो होगा। जेठानी के चेहरे के भाव देखकर ही समझ गई थी कि पूछने का कोई अर्थ नहीं निकलेगा, गाँव में और किसी से उसकी कोई विशेष निकटता थी नहीं। अब आस थी तो सिर्फ पति से।

जेठानी ने मातृवत स्नेह ने ढाढ़स बँधाया। उसे बताया कि समाचार भेज रहे हैं, कल उसके पति भी आएंगे। पूजा करवाएंगे, सब ठीक होगा। जेठानी के स्नेह और पति के आने कि सूचना से कुछ राहत तो मिली पर किसी अनहोनी कि आशंका ने चैन कि निद्रा नहीं आने दी, सोते जागते जैसे तैसे प्रभात हो गई। सुबह का समय घर के दैनंदिन कार्यों में निकल गया फिर दोपहर का भोजन।

एकान्त मिलते ही अनिष्ट की आशंका ने फिर घेर लिया। उसे अपने प्रिय का कन्धा याद आ रहा था जिस पर सिर रखकर बैठती और वह कुछ ढाढस बंधाते तो शायद निश्चिंत हो जाती। अब उससे घर के भीतर बैठा नहीं जा रहा था उनकी बस आने से घन्टों पूर्व वह घर की देहरी पर खड़ी दूर सड़क जहां से बस निकलती है, निहारने लगी। आख़िरकार वह बस आकर रुकी, अब कुछ निश्चिन्तता हुई तो उसे बैठने की सुध आई।

पति परमेश्वर घर आ गए, पर ग्रामीण परिवेश में लोक लज्जावश मिलना तो दूर इस समय नज़रें मिलाना भी सम्भव नहीं था जिससे राहत मिलने कि बजाय व्याकुलता और बढ़ गई। आख़िरकार रात्रि ने पैर पसारे और उसके भीतर दुग्ध की भान्ति उफनते प्रश्नों पर शीतल जल के छींटे पड़ने का अवसर

आया। पतिदेव के कमरे में प्रवेश पर उसे ये भी स्मरण नहीं रहा कि इतने समय पश्चात आए प्रियतम का मुस्करा कर स्वागत करना चाहिए। अश्रुधारा और हिचकियों के साथ धोरे पर हुई घटना, जेठानी की कही बातें व सारे प्रश्न एक साथ दाग दिए। वो पास में बैठे, कन्धे पर सिर रखा, आँसू पोंछे, सब ठीक होने का दिलासा दिया।

मेरे एक दूर के दादाजी बहुत विद्वान थे जिन्हें अकसर मैं इस धोरे पर बैठे देखता था, पुस्तकें ही उनका जीवन थीं और गाँव में किसी से बात नहीं करते थे। मुझ पर कुछ विशेष कृपादृष्टि रखते थे। एक दिन उन्होंने बताया कि मल्लेछों के आक्रमण के समय उनके सैनिक धन संपत्ति की लूटपाट करते हुए कुंवारी कन्याओं को भी लूटकर ले जाते थे और फिर उनके साथ बहुत बुरा व्यवहार किया जाता था। बार बार इस तरह दिल दहला देनी वाली घटनाओं से परेशान सभी माँ बाप ने निर्णय किया कि इन के हाथों अपनी बेटियों की इज़्ज़त लुटते हुए देखने से तो अच्छा है पैदा होते ही स्वयं उनका गला घोंट दें। सम्मान और इज़्ज़त के नाम पर क्षत्रियों ने यह कड़वा घूँट पीना स्वीकार किया। बालिका पैदा होने पर उसे किसी भी तरीके से परिवार वाले स्वयं मारकर इस धोरे में गाड़ देते थे।

कालान्तर में मलेच्छ तो चले गए, भारत आज़ाद हो गया, अब पैदा होने वाली बालिकाओं को किसी प्रकार का कोई भय नहीं था, पर मानव से हीन प्राणी इस जगत् में कोई नहीं मिलेगा बेटा! वह इतना निकृष्ट और लालची होता हें कि अपने हित के लिए अपने ही बच्चे का गला भी घोंट सकता हें। मल्लेच्छ चले गए तो दहेज़ की मज़बूरी बता कर गला घोंटने लगे। मल्लेच्छों को उस समय रोका नहीं जा सकता था तो गला घोंटना ही एक मात्र उपाय समझ में आता है पर ये दहेज देना और लेना तो हमारा ही निर्णय है। अगर यही इनके प्राणों को निगल रहा हें तो हम दहेज़ न लेने और देने का निर्णय भी कर सकते है। अगर आज हम करेंगे तो कल हमारी बेटियों को ले जाने वाले भी अवश्य ऐसा निर्णय करेंगे। मेरी इच्छा थी मेरे आँगन को देवीस्वरूपा नन्ही जान पवित्र करे और मैं अपने जीवन की सारी ख़ुशियाँ उस पर न्योछावर कर दूं। पर ईश्वर को शायद यह स्वीकार नहीं था। मुझे बेटी ही नहीं दी। जब पोती हुई तो बहुत कोशिश कि पर इन बेजान बाजुओं की कद्र कौन करता? घर, परिवार, समाज

में कमाने वाले हाथों कि ही इज़्ज़त होती हें। मेरी लाख कोशिशों के बाद भी मेरी पोती के साथ वही हुआ। इन बूढी और मज़बूर आँखों के देखते ही देखते यही धोरा उसके जीवन की सारी ख़ुशियाँ निगल गया। मेरा ये दु:ख सुनने वाला कोई नहीं था। इसी धोरे पर आकर घंटों आँसू बहाना और थक जाता था तो घर जाकर पुस्तकों से बतियाना यही मेरा जीवन हो गया। मैं तो कुछ नहीं कर पाया बेटा पर न जाने क्यों मुझे तुम्हारे में उम्मीद कि किरण नज़र आती है। इसीलिए पुस्तकों के आलावा तू ही हें जिससे मैं बात करता हूँ। हो सके तो राम बनकर अहल्या रूपी इस शापित धोरे को मुक्ति दिलाना।

वो धीरे से बोली फिर सब बच्चों को निगलने की बात?

वह तो एक दो बार कोई गर्भवती इस धोरे के ऊपर से निकली और बालक पैदा होने के पश्चात स्वत: मृत्यु को प्राप्त हुए तो कहानी गढ़ ली कि किसी भी गर्भवती के पैर इसे लाँघते हुए निकलते हैं तो यह धोरा और उसमें गाड़ी गई बालिकाएँ उसका बच्चा निगल जाते हैं।

सागर ने एक लम्बी सी निश्वास छोड़कर प्रश्नसूचक निगाहों से उसकी तरफ़ देखा।

वह समझ गया पनीली आँखें पूछ रही हैं कि मेरे बच्चे का क्या होगा?

धोरे पर जाने की वजह से क्या सचमुच वह उसे निगल जाएगा? धोरे ने न भी निगला और बालिका हो गई तो तुम भी दूसरों की तरह गला तो नहीं घोंट दोगे? दूसरे प्रश्न का उत्तर तो उसके पास था कि वह कभी ऐसा नहीं करेगा पर पहले का तो, जब तक स्वस्थ बच्चे का जन्म न हो जाए तब तक सिर्फ़ दिलासा दे सकता था क्योंकि इन सब बातों को न मानते हुए भी भीतर से वह स्वयं भी आशंकित था।

समय बीता और पहले प्रश्न का उत्तर मिला। ईश्वर ने पूर्णत: स्वस्थ बालिका देकर चिन्ता मुक्त कर दिया। हालांकि वह पति की तरफ़ से निश्चिन्त थी पर पूरा परिवार, समाज अभी भी राह के काँटे बने हुए थे। पर उसके पति के ध्रुव से अटल निर्णय को इनमें से कोई भी बदल नहीं पाया। आज उस धोरे ने इस नन्हीं जान को नहीं निगला। न जाने कितनी शताब्दियों बाद आज इस मरुस्थलीय ग्राम के मुक्त वातावरण में एक बालिका की किलकारियों ने मधुर संगीत सा अहसास करवाया। न जाने कितने वर्षों बाद एक नए जीवन को जीने

का अधिकार मिला। वे हत्यारे माँ-बाप कहलाने से बच गए और वह शापित धोरा आज शाप मुक्त हो गया। उस दिन से आज तक उस धोरे ने किसी भी बच्चे को नहीं निगला।

मुक्त प्रेम

क्षिप्रा नदी के जल का प्रवाह न जाने कितनी ही सदियों से उपकृत करता आ रहा है, इस उज्जैन को। कभी उज्जैयिनी, कभी उज्जैन तो कभी कुछ और नाम, कई संस्कृतियाँ बनीं और बिगड़ीं, कई सम्राट आए और गए, पर अपने तट पर ऐसा विचित्र दृश्य वह जल भी पहली बार देख रहा था। दोपहर कि प्रचण्ड गर्मी और लू से मानव तो क्या पेड़ पौधे भी सूखे जा रहे हैं, ऐसे में केवल अधोवस्त्र पहने पसीने से भीगा मानव क्षिप्रा के तट पर अपनी प्यास बुझाने आया और देखते ही देखते श्मशान पहुँच कर चिता में जल रही देह पर पिण्ड (लाश को जलाने से पूर्व फेंके गए आटे के लोए) सेक कर खाने लगा।

क्षिप्रा को विश्वास नहीं हो रहा था। वह हतप्रभ रह गई! गौर से देखने लगी, पहचान तो गई पर स्वीकार नहीं कर पा रही थी। नहीं नहीं, यह उज्जैन के महाराजा भर्तृहरि नहीं हो सकते। उज्जैन के जन जन के हृदय में, रोम रोम में बसने वाले जनप्रिय महाराजा जिनकी छवि वर्षों तक इस जल ने देखी हैं, वह कैसे विस्मृत हो जाती? सत्य को कब तक झुठलाती? आख़िर उसने न सिर्फ़ पहचान लिया वरन स्वीकार किया कि जो छवि उस स्वच्छ जल में प्रकट हो रही है वह उज्जैन के पूर्व महाराजा भर्तृहरि ही है जिनके लिए अब क्षिप्रा के किनारे बसा ये श्मशान ही राजप्रासाद था।

काल की गति को विधाता के अलावा कौन जान पाया है? वह कब कैसी

करवट ले कोई नहीं जानता। आज जिसके पास तन ढकने को वस्त्र नहीं, कभी यही व्यक्ति उज्जैन के स्वर्णजड़ित भव्य सिंहासन पर विराजमान होता था। दूसरे राजा महाराजाओं की तरह आनन्द, मौज, शौक के लिए नहीं बल्कि जब तक उन्होंने राज्य किया वह काल उज्जैन के इतिहास में स्वर्णाक्षरों में लिखने लायक था।

कहते हैं किसी का बहुत ज्यादा सुख इन्सान तो क्या भगवान से भी देखा नहीं जाता। यही महाराजा भर्तृहरि के साथ हुआ। इतना श्रेष्ठ राजा और राज्य व्यवस्था कि चारों तरफ सुख, समृद्धि, वैभव, ऐश्वर्य फैला था। प्रजा अपने राजा कि सहस्रों वर्ष आयु की कामना करने लगी। यह सब देखकर शायद भगवान इन्द्र ने भयभीत होकर पिंगला के रूप में मेनका को भेजा, ऐसा महाराजा भर्तृहरि के दुर्भाग्य या उज्जैन कि प्रजा के दुर्भाग्य के कारण यब सब हुआ, कोई नहीं जानता। पर इतना सब जानते थे कि कामिनी और कंचन से कोई मोह नहीं रखने वाले उनके प्रिय महाराजा, यह जानते हुए कि रसातल की राह इनसे होकर ही निकलती हैं, हमेशा उनसे विशेष दूरी रखते थे फिर अचानक महाराजा को न जाने क्या मतिभ्रम हुआ कि दो महारानियों के होते हुए भी पिंगला के दैहिक सौन्दर्य पर मोहित होकर उज्जैन को तीसरी महारानी की सौगात दी।

तीसरी रानी को जिसने भी देखा स्वविस्मृत होकर देखता ही रह गया। अप्रतिम सौन्दर्य की देवी, ऐसा लगे जैसे रक्तवर्णी पारदर्शी काँच की कोई प्रतिमा हो, उस पर जब श्यामवर्णी, लम्बी घुंघराली केशराशि बिखरती तो देखकर चेतन भी जड़वत हो जाता। समुद्र सी गहराई लिए, ब्रह्माण्ड भी जिनके भीतर समा जाए ऐसी चुम्बकीय शक्ति रखने वाले दो नयनों ने कुछ ही दिनों में प्रजा के प्रिय महाराजा को अपने आकर्षण में कैद कर लिया। महारानी पिंगला के मोहपास में बंधे महाराजा उससे इतर राज्य, प्रजा, किसी के बारे में सोच ही नहीं पाते।

वर्ष दो वर्ष का समय बीता तो कर्तव्यपरायण महाराजा को कुछ सुध आने लगी और पुनः राज्य को समय देने लगे। उनके समय देते ही सुख समृद्धि से परिपूर्ण उज्जैन पुनः गिरिराज के शिखर तक पहुँचने लगा, दिन दूनी रात चौगुनी प्रगति से आकाश की ऊँचाइयों को छूने लगा परन्तु जिस समय इन्सान अपनी

कल्पनाएँ करता रहता है उसी समय नियति अपना जाल बिछा रही होती है।

उज्जैन के इस उत्कृष्ट काल में भर्तृहरि के अनुज विक्रमादित्य पर राज्य व्यवस्था तथा गुप्तचर व्यवस्था का दायित्व था। एक दिन अचानक से गुप्तचर ने आकर किसी सूचना के लिए एकान्त में बात करने का निवेदन किया। गुप्तचर की सूचना ऐसी थी कि विक्रमादित्य के पैरों तले ज़मीन खिसक गई। उन्हें सहसा विश्वास नहीं हुआ, लगा जैसे स्वप्न में कुछ सुन रहे हैं परन्तु अगली रात को ही जब गुप्तचर ने आँखों से दिखा दिया तो सत्य को कैसे झुठलाते।

विक्रमादित्य अविलम्ब महल में महाराजा भर्तृहरि के पास पहुंचे। समस्या यह कि जिस बात पर उन्हें स्वयं विश्वास नहीं हो रहा था वह महाराजा को कैसे बताए? न केवल पूरी सम्भावना है कि वे विश्वास नहीं कर पाएँगे बल्कि सम्भव है वे मुझ पर ही किसी तरह का गृह क्लेश करवाने के षड्यन्त्र का शक करने लगे। वे महाराजा है, ऐसे में नाराज़ होकर कुछ भी सजा दे सकते हैं। जिसके बारे में कहने जा रहा हूँ शत्रुतावश वह भी तो मेरे विरुद्ध कुचक्र चलेगा, मुझे गलत और स्वयं को सत्य साबित करेगा। अन्तर्मन ने कहा कुछ भी हो तुम भाई होकर सब कुछ जानते हुए मौन नहीं रह सकते। यह उचित नहीं होगा। यह अधर्म होगा। तुम्हारा यह मौन अपने भाई और परिवार के साथ ही विश्वासघात होगा। महल में पहुँचकर पूरी बात महाराजा के सामने रखी कि किस तरह मैंने स्वयं अपनी आँखों से महारानी पिंगला को रात्रि में अस्तबल के नौकर से मिलने जाते हुए देखा। जैसा मेरा पूर्वानुमान था वही हुआ। जिसे स्वयं से भी ज्यादा प्रेम किया हो उसके लिए ऐसी बात कैसे स्वीकार करते? जिस भाई पर वे आँख मूँदकर विश्वास करते थे आज उसी की बात पूर्णत: अविश्वसनीय लगी। उसी समय वे बोल पड़े तुम्हें पता है तुम अपनी माँ समान भाभी और उज्जैन की महारानी पर आरोप लगा रहे हो? सम्पूर्ण भारतवर्ष में इस समय उज्जैन जैसा राज्य नहीं। भर्तृहरि जैसा सम्राट नहीं। उस सम्राट की ब्याहता ही नहीं, उसे अपने प्राणों से भी अधिक प्रेम करने वाली महारानी पिंगला का नाम उसी राज्य की अश्वशाला संभालने वाले अदने से चाकर के साथ सम्बद्ध करते हुए तुम्हें ज़रा सी लज्जा का अहसास भी नहीं हुआ? तुम्हारी जिह्वा नहीं लड़खड़ाई? लगता हैं गुप्तचर व्यवस्था सँभालते हुए तुम शासन के षड्यंत्र सीख गए हों। इसी समय महल से बाहर चले जाओ। अच्छा होगा की

भरे दरबार में महाराजा भर्तृहरि को तुम्हें देश से निष्कासन का आदेश देना पड़े उससे पहले उज्जैन छोड़ कर चले जाओ।

अग्रज भ्राता के शब्द बाणों की चुभन से या उज्जैन के महाराजा के मौखिक आदेश से, विक्रमादित्य रात्रि में सो नहीं पाए, विचारमग्न होकर रात भर करवटें बदलते रहे। चिन्ता इस बात की नहीं की उन्हें देश छोड़ना पड़ेगा चिन्ता यह कि भ्राता भर्तृहरि का क्या होगा? उज्जैन का क्या होगा? जो पिंगला आज विश्वासघात कर रही है, उसे जब इस निर्णय का पता लगेगा तब न जाने और क्या क्या करेगी? शत्रु तो ताक में बैठे रहते है, उन्हें जानकारी मिलते ही न जाने क्या षड्यन्त्र रचेंगे? ऐसे बुरे समय में अनुज भी साथ नहीं, कैसी विचित्र स्थिति हो जाएगी महाराजा की? पर मुझे तो उज्जैन छोड़ना ही पड़ेगा यह राजाज्ञा है। ऐसे में वह विमर्श भी किससे करे? जिससे करना चाहिए उसी ने तो आदेश दिया। किसी और से करूँ भी तो कारण पूछेगा। अपनी ही भाभी की कहानी किसी के भी सामने कैसे कह दूँ? इसी वैचारिक जंजाल में रात्रि भर उलझते रहे, गौते खाते रहे, प्रभात में अपने महल से बाहर भी नहीं निकले। दिवस भी निकल गया और रात्रि का अँधेरा फिर गहराने लगा। लगा जैसे ये घना अँधेरा उनके भीतर घुसता जा रहा है। उनका अंग–अंग, प्रत्येक कोशिका अँधेरे से भर गई है। अब प्रकाश की कोई किरण दिखाई नहीं दे रही, उन्हें नहीं लगता कि जीवन में कभी उजाला देख पाएँगे। ये क्या? यह अँधेरा विस्तार लेता जा रहा है, महाराजा भर्तृहरि के महलों की तरफ बढ़ता जा रहा है। देखते ही देखते महलों ही नहीं पूरे उज्जैन को अपने आगोश में ले लिया। सेविका ने भोजन के लिए आग्रह किया तो अपने विचारों से बाहर निकले। ऐसे में भूख किसे लगती है पर सेवकों को कोई संदेह नहीं हो इस चिंता में दो चार ग्रास लेकर औपचारिकता पूरी की और पुनः अपने महल में आ गए। भविष्य में क्या होगा? ये तो ईश्वर जाने पर आज का सत्य यही है कि कुछ भी हो, कैसे भी हो, मुझे उज्जैन छोड़ना ही होगा। मेरे पास और कोई विकल्प भी तो नहीं। अगले एक दो दिन में ही उज्जैन को अन्तिम प्रणाम करने का सोच रहे थे कि दो दिन की थकावट ने उपकार किया निद्रा ने अपने पान पसार लिए।

अनेक बार सत्य बहुत कष्टदायक होता है पर जब हम उसे समझकर स्वीकार कर लेते हैं और पार पाने की राह ढूँढ लेते हैं तो पीड़ा का अनुभव

कम हो जाता है। अनुज अन्तिम निर्णय तक पहुँच चुका था इसलिए वीभत्स सत्य जानते हुए भी निद्रा आ गई पर अग्रज अब भी संशय की स्थिति में था इसलिए पलकें बन्द होने का नाम भी नहीं ले रही थी। महलों में सभी रानियों के पास सन्देश भिजवा दिया गया कि आवश्यक राजकार्यवश महाराज आज रात्रि महलों में नहीं आ पाएंगे। रात्रि के अँधेरे में सत्य जानने के लिए महाराजा भर्तृहरि किसी को भी सूचित किए बिना अकेले ही निकल पड़े। भेष बदल कर काली चद्दर ओढ़े नज़रें गड़ाए नियत स्थान के आसपास परिभ्रमण करते रहे। सत्य न तो सम्राटों के आदेश से छुपता है और न ही किसी विक्रमादित्य के राष्ट्र निष्कासन से, उसे तो समय आने पर प्रकट होना ही होता हैं। अर्धरात्रि से कुछ पूर्व महारानी पिंगला श्वेत वस्त्र ओढ़े अश्वशाला के द्वार पर पहुंचती है। उसी समय इंतज़ार में खड़ा अश्वशाला का मुख्य सेवक द्वारा खोलकर उन्हें अपनी बाँहों में भर लेता है। रात्रि के सन्नाटे में पायल खनक उठती है, वही पायल जो भर्तृहरि ने अपने हाथो से उन पांवों में पहनाई थी, यह सोचकर कि जब कभी महलों में जाएंगे उनके स्वागत में एक संगीत बजेगा जो सिर्फ और सिर्फ उनके लिए होगा पर आज उस संगीत का माधुर्य न जाने कहाँ गया? ऐसा लगा जैसे किसी ने कानों में सीसा उड़ेल दिया हो। वे बिना चीत्कार के, बिना आह के जड़वत खड़े रहे। पुनः रात्रि की निःस्तब्धता को तोड़ते हुए वातावरण में एक हलकी सी हँसी फैल गई और वे दोनों छोटे से कक्ष में प्रवेश कर गए। अब और कुछ जानना बाकी नहीं रह गया था। सत्य जानते ही महाराजा भर्तृहरि हतप्रभ से रह गए। जिसे प्राणों से भी ज्यादा प्रेम किया जिस पिंगला के प्रेम में राज्य, सिंहासन, वैभव, ऐश्वर्य, प्रजा, यहाँ तक की देवतुल्य अनुज भ्राता विक्रमादित्य को भी मैं भूल गया, वही उज्जैन की महारानी मेरी भार्या हो कर मुझसे नहीं बल्कि अश्वशाला के चाकर से प्रेम करती है। मेरी विद्वता पर मेरे राज्य की प्रजा ही गर्व नहीं करती बल्कि उसका परचम अन्य राज्यों के राजा महाराजा प्रजा सभी तक फहराता है, मैं इस प्रेम और विश्वासघात के खेल को समझ नहीं पाया? इन्सान के मन को समझ नहीं पाया। मैं अभी तक क्यों और किसके लिए जी रहा था? जिसे अपना समझा वो मेरी नहीं और जिस भाई ने मुझे अपना समझा उसको मैंने अपने से दूर कर दिया। इन्सान को जो मिलता है वह कितना ही श्रेष्ठ हो, महत्वपूर्ण हो उसे ठुकराता है और जो नहीं

मिलता वह कितना ही घृणित हो, नीच हो उसे पाने को लालायित रहता हैं ऐसा क्यों? प्रेम क्या है? सत्य क्या है? उसे जाने बिना सम्राट हो या सेवक सभी का जीवन व्यर्थ है।

अगले प्रभात की पहली किरण फूटते ही अनुज विक्रमादित्य को बुलाने के लिए सेवक को भेजा। सुनते ही अनुज को लगा उसे यह स्थिति आने से पूर्व उज्जैन छोड़ देना चाहिए था पर अब क्या हो सकता था? एक बार तो महलों में पहुंचना ही था। वापस पहुँचते ही तुरन्त प्रस्थान कर जाऊंगा यह सोचकर राजप्रासाद की तरफ चल दिए। भाग्य के खेल भी कितने निराले होते हैं? कुछ दिन पहले सीमा पार जाने का आदेश जिस महाराजा भर्तृहरि ने दिया था आज वे ही विक्रमादित्य को बुलाकर उज्जैन के सिंहासन पर बैठने का आग्रह कर रहे हैं। बड़े होकर भी हाथ जोड़कर अनुनय विनय कर रहे हैं और स्वयं राज्य छोड़कर जाने का कह रहे हैं। विक्रमादित्य को समझते देर नहीं लगी कि महाराज उस राज का सत्य स्वयं के चक्षुओं से देख चुके हैं परन्तु वे इतना बड़ा निर्णय कर लेंगे ऐसा न तो उन्होंने सोचा और न ही इसके लिए तैयार थे। भर्तृहरि इतना अच्छा शासन चला रहे थे कि उसने कभी किसी महत्वपूर्ण जिम्मेदारी का सोचा भी नहीं फिर यह तो पूरे उज्जैन का राज और वह भी अकेले, उनकी अनुपस्थिति में, हाथ जोड़कर बोले, भ्राता यह मुझसे नहीं हो पाएगा। आपके न रहते हुए मैं यह सब कैसे कर पाऊँगा? मेरे लिए असम्भव है। भर्तृहरि का निर्णय अडिग था, सूर्य उष्णता के स्थान पर शीतलता देनी प्रारम्भ करे तो भर्तृहरि अपने निर्णय को बदले। अन्तत: विक्रमादित्य को उज्जैन का महाराजा बनने को सहमत होना पड़ा और भर्तृहरि कमण्डल लेकर चल पड़े अरावली की पहाड़ियों की तरफ।

विक्रमादित्य के राजतिलक के पश्चात महारानी पिंगला पूरी कहानी समझ चुकी थी। इस बारे में उन्हें किसी ने कुछ नहीं कहा पर स्वयं ने तय कर लिया की महलों में न रहकर वह उस चाकर के साथ जहाँ वह ले जाएगा वहीं जाएगी और यह समाचार उन्होंने उज्जैन के नए महाराजा विक्रमादित्य तक अपनी विश्वासपात्र सेविका द्वारा पहुँचाया। विक्रमादित्य के पास दो ही विकल्प थे सदियों से चले आ रहे राजप्रासादों में होने वाले षड्यन्त्रों से महलों की बात महलों तक ही रख लेते और प्रजा कभी जान नहीं पाती कि पिंगला को क्या

हुआ और कैसे हुआ? बस वर्षों बाद पता लगता कि महारानी पिंगला नहीं रही। दूसरा विकल्प था नैसर्गिक न्याय, व्यक्ति की स्वतन्त्रता। वे जानते थे दूसरा विकल्प चुनने पर लोग उनकी वीरता और साहस पर अंगुली उठाएंगे, उसे कायर कहेंगे पर वे किसी के साथ अन्याय नहीं करेंगे। समय आने पर वीरता और साहस का भी परिचय दे देंगे पर एक स्त्री पर अन्याय, अत्याचार करके स्वयं को वीर साबित नहीं करेंगे। उन्होंने पिंगला को स्वतन्त्र कर दिया। अब वे महलों के नियम, रीति रिवाजों से मुक्त थी स्वेच्छा से जहाँ चाहे जाने के लिए। राजप्रासादों से तो स्वतन्त्र हो गई पर इन्सान के सोचने से क्या होता है, उसे कहाँ रहना है? कैसे रहना है? किसके साथ रहना है? यह सब वही कर लेगा तो विधाता क्या करेगा?

वाह रे नियति! जिस पिंगला ने अपने सौन्दर्य से उज्जैन के सम्राट को दास बना रखा था, जिसके अप्रतिम सौन्दर्य को देख ले तो देवता भी उसे पाने को लालायित हो जाए वही महारानी, अपना यौवन से भरपूर दैहिक सौन्दर्य ही नहीं अपितु धन, वैभव, ऐश्वर्य सहित मन भी उस पर न्योछावर करने को आतुर है, अपने ही अदने से चाकर से कर जोड़कर, पाँव पकड़कर और भी न जाने किन किन यत्नों से रिझाकर उससे प्रणय निवेदन कर रही है पर वह चाकर इनकार कर रहा है। उसे पिंगला में, उसके धन, वैभव, ऐश्वर्य में कोई रुचि नहीं। वह तो एक वेश्या के प्रेमपाश में ऐसा बंधा कि उसके जीवन का साध्य ही वह वेश्या बन गई। उसे लगता उसके बिना तो जीवन ही अधुरा हैं। सम्भव हो तो वह ऐसी सैकड़ों पिंगला वार दे उस वेश्या पर। इसके जीवन का उद्देश्य ही वह वेश्या बन गई, वह न मिले या जिस दिन इनकार कर देगी उस दिन मृत्यु का आलिंगन करना ही श्रेयस्कर है। अन्ततः सारे यत्नों के पश्चात भी महारानी के एक इशारे पर उसके चरणों में लेटने वाले चाकर ने उनसे विवाह से इनकार कर दिया।

अब वे कहाँ जाती? एक द्वार बन्द कर आई थी दूसरा द्वारा बन्द हो गया। विक्रमादित्य कोई सामान्य इन्सान नहीं था। जितना पिंगला ने कल्पना में भी नहीं सोचा उससे कहीं विशाल हृदय वाला। उन्हें पता लगते ही ससम्मान पुनः अपने उसी महल में स्थान दिया गया। अब पिंगला भी पिंगला नहीं रही, माया का अनावरण हो चुका था। उस दिन अपने महल के भीतर आई तो वापस बाहर

निकलते किसी ने नहीं देखा, उसकी पायल का संगीत किसी कान ने नहीं सुना, बस समय पर सेविका भोजन पहुँचा देती इसके अलावा इतने बड़े संसार में पिंगला को किसी से कोई मतलब नहीं रह गया था।

महाराजा भर्तृहरि वर्षों की घोर तपस्या करके श्मशान में लौटे हैं अब वे लोगों के लिए महाराजा से महाराज हो गए हैं अब राज की बारीकियाँ नहीं बल्कि जीवन के राज समझाते हैं। कभी कभी कई दिनों तक श्मशान में कोई देह जलने को नहीं आती और भोजन के लिए पिण्ड भी नहीं मिलता तब भिक्षा मांगने जाते हैं। अब उस योगी के लिए कुटिया और राजमहल में कोई अंतर नहीं रहा। अपने पराए का कोई भेद नहीं रहा। ऐसे ही एक दिन भोजन के लिए राज महल में आवाज़ लगाई- ''भिक्षाम देहीं।''

कोई आता उससे पहले वायु ऊपरी मंज़िल में पिंगला के महल तक ध्वनि तरंगें ले पहुंची। उसके कानों को एक पल भी नहीं लगा पहचानते हुए। भला उस आवाज़ को कैसे नहीं पहचानती? जिसे सुनने के लिए वर्षों से इंतज़ार कर रही थी। इसी आस में तो जी रही थी की वह कितनी भी निकृष्ट है पर वे एक दिन आकर उसे अवश्य आवाज़ देंगे। तब वह देह, मन, प्राण सब कुछ उनके चरणों में अर्पित कर देगी और फिर वे गले लगा कर उसे क्षमा कर देंगे तब उसकी अन्तिम मुक्ति होगी।

वर्षों बाद महल से बाहर आई। झरोखे में आकर देखा, नीचे काले पड़ चुके नंगे बदन केवल अधोवस्त्रों में खड़े उसके भरतार दिखे हृदय में एक टीस सी उठी, नयनों से अश्रुओं का अविरल प्रवाह बहने लगा, उसमें कुछ बूंदों ने नीचे खड़े भर्तृहरि महाराज की देह को स्पर्श कर पुरानी स्मृतियों में ले जाने की कोशिश की परन्तु भट्टी के समान रेगिस्तान की प्रचण्ड गर्मी का ताप देह के रंग, रूप को बदल चुका था और पिंगला द्वारा दी गई वेदना ने मन को जलाया, फिर वे उसी मन को जलाते रहे, जलाते रहे, किसी धूप या अग्नि में नहीं बल्कि ज्ञान की अग्नि में। उसमें जलकर बुद्धत्व प्रकट हुआ। एक नए इन्सान ने जन्म लिया, जिसमें अब वितृष्णा, घृणा, द्वेष कुछ भी नहीं बचा था। प्रस्फुटन हुआ था एक ऐसे नए इन्सान का जो प्रेम से सराबोर था। प्रेम जिसके रोम-रोम में था पर उस प्रेम में न कोई तृष्णा, न मोह और न ही आसक्ति थी। अब उनके लिए श्मशान में आई लाश और पिंगला में कोई फ़र्क़ नहीं था। पिंगला नीचे

आई पाँव पकड़ कर पश्चाताप करने लगी, बोली, क्षमा कर दो मुझे, बड़ी भारी भूल हुई मुझसे, एक बार सिर्फ एक बार अपने गले लगा कर मुझे अंतर्मन की गहराइयों से प्रेम कर लेने दो अपने भरतार, पति परमेश्वर को। मुक्त कर दो भूतकाल के उस अपराध बोध से।

भर्तृहरि बोले मैंने तो सभी को, पूरे विश्व को क्षमा कर दिया, मुझ में तो अब प्रेम के सिवाय कुछ बचा ही नहीं माते। क्षमा करें महाराज, आप बार–बार माते क्यों कहे जा रहे हैं? मैं पूरे विश्व से अलग हूँ मैं आपकी भार्या पिंगला हूँ मुझे चाकर ही रख लीजिए मैं आपकी सेवा करुँगी अपना रूप, सौन्दर्य, यौवन, तन, मन, धन, सम्पदा सब कुछ आप पर न्योछावर कर दूंगी पर मुझे अपने से दूर मत कीजिए। इतने में दासी भोजन ले कर आई भर्तृहरि ने भिक्षा ली और चल दिए। भूतकाल की स्मृतियाँ, उन महलों का वैभव, पिंगला का दैहिक सौन्दर्य कोई भी नहीं रोक पाया माया और मोह के बन्धन से मुक्त उस प्रेम को।

उमादे

जैसलमेर की राजकुमारी उमादे भटियाणी के अप्रतिम सौन्दर्य और विलक्षण बौद्धिक चातुर्य की प्रसिद्धि वायु में फैली सुगन्ध की भाँति चारों दिशाओं में फैलती जा रही थी। राज्य की सीमाओं को लाँघ कर उनकी ख्याति मारवाड़ रियासत तक पहुँचते देर नहीं लगी। जिस समय यह समाचार मारवाड़ के महाराजा राव मालदेव के कानों तक पहुँचा उसी समय उन्होंने मन ही मन तय कर लिया कि उमादे को शीघ्रातिशीघ्र मारवाड़ की महारानी बनाएँगे। अविलम्ब एक विश्वासपात्र दूत जैसलमेर के लिए भेज दिया गया। दूत ने अगले ही दिन समाचार पहुँचाया कि विशाल राज्य मारवाड़ के महाराजा राव मालदेव राजकुमारी उमादे से विवाह रचाकर वह जैसलमेर रियासत के साथ अपना सम्बन्ध जोड़ना चाहते हैं। जैसलमेर जैसी छोटी सी रियासत के लिए यह अतीव प्रसन्नता का विषय था। वैसे भी महाराजा मालदेव की वीरता से निकट के राज्य ही नहीं दिल्ली की सल्तनत भी शंका खाती थी, ऐसे में इन्कार का अर्थ था राज्य से हाथ धो बैठना। महारावल लूणकरण ने तुरन्त महारानी व अन्य विश्वासपात्रों से सलाह करके सहमती जताते हुए दूत को विदा किया।

निश्चित समय पर अपने लश्कर व सम्पूर्ण तामझाम के साथ राव मालदेव विवाह हेतु जैसलमेर बरात लेकर आए। जैसलमेर जोधपुर के जैसा समृद्ध राज्य नहीं था, इसलिए वैसी विलासितापूर्ण सुविधाएँ तो नहीं दे पाए पर सम्बन्धों के महत्व को समझते हुए अपनी ओर से कोई कमी नहीं रखी, विवाह की सारी

रस्में पूर्ण हुईं, राजकुमारी उमादे भटियानी राव मालदेव की अर्धांगिनी हुई।

महल में पुष्पसज्जित सेज पर उमादे को इंतज़ार करते हुए अर्धरात्रि से भी ज्यादा हो गई तो उसने अपनी दासी भारमली को देखने भेजा की इतनी देरी किस कारण हो रही है? भारमली वहाँ पहुंची, महाराज तो अपने साथियों के साथ संध्या काल से अभी तक एक के बाद एक मदिरा का प्याला गटकते जा रहे थे। वह महाराज के निकट पहुँच बताने लगी कि सहस्त्रों बोतल मदिरा से भी नशीली उमादे प्रथम मिलन के इन्तजार में आपके लिए पलकें बिछाए बैठी है और आप है कि इस मदिरा को अधरों से लगाए बैठे है।

मदिरा के पश्चात तो कामाग्नि कुछ ज्यादा ही सक्रिय हो उठती है, उस मदिरा का असर था या भारमली के सौन्दर्य से परिपूर्ण कमनीय देह से उठती गंध का नशा महाराज उसे अपने बाहुपाश में भर बैठे। वह कुछ बोल पाती इससे पूर्व एक इशारा हुआ और सभी साथी बाहर। अब बचे केवल महाराज मालदेव, मदिरा और दासी भारमली, वो कुछ कहना, समझाना चाह रही थी पर उसकी वहाँकौन सुनता? वह तो दासी थी। उसका तो धर्म यही था कि जो आदेश दिया जाए मुस्कराते हुए उसका पालन करे। दासियों के अधर हँसने, मुस्कराने के लिए होते हैं, बोलने के लिए नहीं। महाराज तो उस पर पूर्ण रूप से मुग्ध हो चुके थे, उन्होंने उसे इशारा किया दीप बुझाने का।

दीप बुझ गए, पर नियति हँस रही थी, अट्टहास कर रही थी, कि इन्सान कितना मूर्ख होता है स्वयं ही दीप बुझाता है और फिर नियति को दोष देता है की उसके जीवन में इतना अँधेरा क्यों? उसके बाद वह सब हुआ, जो नहीं होना चाहिए था।

उधर उमादे उनींदी आँखों से इंतज़ार करती रही, न महाराज का पता और न ही भारमली वापस आई। तीन प्रहर रात्रि बीत चुकी, महाराज कुछ होश में आए तो भारमली ने फिर समझाया की महारानी उमादे आपका इंतज़ार कर रही है और आप मेरे साथ... अब शायद मदिरा का असर कुछ कम होने लगा तो उसकी बात समझ आई। उन्होंने भारमली को अपने बाहुपाश से मुक्त किया।

भारमली भागते हुए सीधे उमादे को जगाने महल में पहुँची पर जिसकी किस्मत रूठ गई हो उसको नींद कैसे आती? वह तो अश्रुओं की धार से भविष्य के लिए बुने गए सपनों को मिटा रही थी। भारमली उसकी दासी कम और

सखी ज्यादा थी उसने कुछ भी नहीं छुपाया। जैसलमेर में पानी के कुएँ बहुत गहरे होते थे शायद इस गहरे पानी का असर था कि उमादे में भी बहुत गहराई थी। रिश्तों की निकटता बनाए रखने के लिए, सम्बन्धों में माधुर्य बना रहे, इसके लिए वह जानती थी अनेक बार जानते हुए भी गरल पीना पड़ता है। यह सोच कर उसने तय कर लिया की मदिरा के नशे में महाराज ने एक गलती की है, उसे वह इस तरह क्षमा करेगी कि किसी अन्य को तो क्या उन्हें भी पता नहीं लगे। उसने भारमली को इतना ही कहा अब यह बात पुनः तू अपने आपसे भी मत कहना, जाओ और महाराज को बुला कर ले आ।

भारमली ने जाकर अर्ज़ किया- ''महाराज महलों में पधारो'' पर यह क्या? महाराज ने फिर से उसे अपनी मज़बूत भुजाओं में जकड़ लिया वह चाहते हुए भी नहीं छुड़ा पाई।

उसने बहुत समझाया बोली- ''हुकम उस समय तो आप मदिरा के नशे में थे पर अब....होश-ओ-हवास में ऐसा गुनाह मत कीजिए। रात्रि के तीन प्रहर हो गए हैं और राजकुमारी उमादे सुहाग की सेज़ पर आपका इन्तजार कर रही है। आप तो अपराध कर ही रहे है मुझे उन्होंने सदैव छोटी बहन की भाँति स्नेह दिया उसे भी अपराध की भागी बना रहे हैं, हुकम यह गुनाह मत कीजिए।''

सुनो दासी...वह तो अब मेरी पत्नी है जीवन पर्यन्त उसके साथ रहना ही है। ऐसा सौन्दर्य, ऐसी कमनीयता, आज के बाद कहाँ मिलने है? इन अधरों के रसपान के अवसर कौनसे रोज़ आने हैं। उन्माद में इन्सान अँधा और बहरा हो जाता है। कुछ दिखे नहीं इसलिए फिर दीप बुझा दिए गए। भारमली बोलती रही पर उसे अनसुनी कर दी गई। रात्रि के अँधेरे में फिर उसी अपराध का दोहराव हुआ, जिस पर नियति हँसी थी।

उमादे को इंतज़ार करते हुए चौथा प्रहर भी बीत गया। प्रभात में ग्लानि से भरी गीली आँखें लिए भारमली पहुंची, उसे स्वयं पर, अपने रूप सौन्दर्य पर घृणा हो रही थी जो उसकी बचपन की सखी के सपनों के विध्वंस के कारण बने थे। वह गहरे अवसाद में थी, इस अपराध की दोषी स्वयं को मान रही थी। न मैं वहाँ जाती और न ऐसा सब कुछ होता। वह पहली बार उमादे को इतनी गौर से देख रही थी। फूलों जैसी नाज़ुक राजकुमारी जिसे किसी चीज़ का पल भर भी इंतज़ार नहीं करना पड़ा आज पूरी रात सुहाग की सेज़ पर पति

का इंतज़ार करती रही, आँसू बहाती रही। पति किसी और के साथ सुहागरात मनाता रहा और वह 'कोई' उसके सामने खड़ी है फिर भी उमादे पूर्णत: स्थिर, आवाज़ में कोई कम्पन नहीं, मेरे प्रति कोई आक्रोश नहीं, गुस्सा नहीं। इतना ही नहीं उमादे ने ही उसे समझाया कि मेरी किस्मत ही ऐसी थी इसमें तेरा क्या दोष, तू तो दासी है तेरा तो काम ही आज्ञा का पालन करना था।

उस रात्रि जो पाप हुआ, किसी के अरमानों का गला घोंटा गया, किसी की भावनाओं, संवेदनाओं की हत्या की गई वह राज उमादे, भारमली और महाराज मालदेव और सोनार किले में स्थित महलों की दीवारें जानती थी या वह जो सर्वव्यापी है, जिससे हम सब चाहते हुए भी अपने अपराध छुपा नहीं सकते है। उमादे ने किसी से कुछ नहीं कहा, भारमली को मना कर ही दिया था, महाराज किस मुँह से कहते? मूक दीवारें कुछ कह नहीं सकती थी और सर्वव्यापी तो कहता किसी से कुछ नहीं, समय आने पर निर्णय थोपता है। सूर्योदय के साथ, मंगणियारों के मधुर स्वरों के साथ बाईसाराज को विदाई दी गई।

बरात जोधपुर पहुँची, राव जोधा की नगरी उमादे के स्वागत में पलकें बिछाए इंतज़ार कर रही थी। सभी महारानियों के धैर्य का बाँध टूटा जा रहा था। देखने को उत्सुक थी कि वे सभी एक से बढ़कर एक सौन्दर्य की प्रतिमूर्ति थी इसके बावजूद जैसलमेर की इस राजकुमारी के सौन्दर्य में ऐसा क्या था कि राव मालदेव को जीवन के उतरार्ध में विवाह का निर्णय लेना पड़ा।

बधावे की सारी परम्पराओं, रिवाजों के पश्चात महारानियों ने अपनी जिज्ञासा शान्त करने हेतु घूँघट उठाया। घूँघट के विलोप होते ही जैसे सभी महारानियों को साँप सूँघ गया, सभी की वाणी पर विराम लग गया। गौरवर्णा, नवपुष्पित गुलाब की पंखुड़ियों से ओष्ठ, समुद्र सी गहराई लिए नयन, मुख पर आभा मण्डल ऐसा की जैसे सैकड़ों सूर्य एक साथ प्रदीप्त हो उठे, जिनके प्रकाश से आँखें चौंधिया जाए, सीधे शब्दों में कहा जाए तो इस सौन्दर्य की देवी को देखने के पश्चात महाराज तो क्या देवराज इन्द्र भी होते तो विवाह को प्रस्तुत हो जाते।

सभी महारानियों की दृष्टि एक दूसरी से टकराई और बिना किसी स्वर के शंका का आदान प्रदान हो गया कि अब जोधपुर के इन महलों में उनका तो क्या राव मालदेव का भी राज नहीं रहेगा, वे नाम के महाराज भले ही रहें,

असल में राज तो महारानी उमादे का रहेगा। अपने साम्राज्य के विखंडित होने के भय ने सभी को एक कर दिया, शीघ्र कोई योजना बनाने का विचार किया जाने लगा। अब समय आ गया था राजप्रासादों में रची जाने वाली पारिवारिक और राजनैतिक साज़िशों को रचने की, कुटिल चालों को चलने की। सभी महारानियों में ये भावना गहरी बैठ गई थी कि कुछ भी करना पड़े, करना चाहिए यदि एक बार उमादे के पैर महलों में पड़ गए तो उनके पैरों को बाहर का रुख़ करना होगा।

इन सब से अलग उमादे के मन में क्या चल रहा था? कोई नहीं समझ पाया। उसके कोमल हृदय पर, अन्तर्मन पर, कितनी बड़ी चोट लगी थी? दाम्पत्य का पवित्र रिश्ता एक दूसरे की हर गलती क्षमा करने की क्षमता रखता है पर अपने अर्ध को किसी और के साथ पूर्ण होते, एकाकार होते देखना उसके जीवन का सबसे दर्दनाक क्षण होता है। महाराज तलवार से घाव करते तो शायद इतना चोटिल नहीं होती, जितनी गहरी चोट उसे भारमली के साथ उनकी उस हरकत से लगी थी। इसके उपरान्त भी एक बार उसने क्षमा कर दिया जो शायद महाराजा की वीरता से कहीं अधिक बड़ा कृत्य था लेकिन जब दूसरी बार भारमली बुलाने गई तो उस अतृप्त भोगी ने पुनः वही कृत्य दोहराया तब उमादे का कोमल हृदय असहनीय वेदना से टूट गया, टुकड़े टुकड़े होकर बिखर गया। जिसके लिए सुन्दर स्त्री भोग का सामान है वह क्या जाने प्रीत क्या होती है? दाम्पत्य के प्रेम में किस भाँति दो तन होते हुए भी उनके मन एकाकार हो जाते है, वह क्या समझे? जिसके लिए उमादे या दासी में कोई भेद नहीं, वे दोनों ही बस भोग्या हैं, वह क्या समझेगा नारी का सम्मान, उसकी इज़्ज़त क्या होती है? अब उस मालदेव को समर्पित कर देना तो अपने अन्तर्मन, आत्मा को मारकर ही सम्भव था। यही कारण था कि बधावे के रीति रिवाजों के पश्चात उमादे ने महाराज के सामने शर्त रख दी कि वह राजप्रासादों के भीतर पाँव भी नहीं रखेगी। सुनते ही महाराज तो बहुत दुखी हुए पर महारानियों के लिए ख़ुशी का सन्देश था। शीघ्र ही उनके रहने के लिए अलग स्थान पर व्यवस्था की गई।

जैसलमेर में हुए पाप पर नियति अपना निर्णय थोपने की तैयारी कर चुकी थी रात्रि में जब महाराज वहाँ पहुंचे तो बहुत मिन्नतें कीं, अपनी गलती के लिए के लिए क्षमा मांगकर विस्मृत करने के लिए कहा। पर न जाने किस

मिट्टी की बनी थी उमादे ? टस से मस नहीं हुई और बोली महाराज जिसके लिए अर्धांगिनी और दासी का महत्व समान है वह सम्बन्धों, रिश्तों, संवेदनाओं, मर्यादा, इज़्ज़त. सम्मान इनको जीवनपर्यन्त नहीं समझ सकता। वैसे भी इन्सान से एक बार भूल हो जाए तो उसे गलती कहते हैं, उसी भूल को जब दोहराया जाता है तो वह गलती नहीं उसके द्वारा किया गया निर्णय होता है जो क्षमा योग्य नहीं है। इस दासी भारमली को आप महलों में ले जाएँ। ये सदैव आपकी सेवा में रहेगी साथ ही वचन दें कि आप कभी मुझे स्पर्श नहीं करेंगे और मेरे लिए जोधपुर से अन्यत्र रहने की व्यवस्था करवाएँ। ऐसा नहीं करते हैं तो मैं अभी आपके सामने स्वयं को अग्नि को समर्पित कर देती हूँ।

अगले ही दिन महाराज के कुछ विश्वासपात्र सिपहसालारों और रक्षकों के साथ उमादे प्रस्थान कर गई। नारी के सम्मान और इज़्ज़त के लिए महलों के ऐश्वर्य, आराम, सुख चैन त्याग कर छोटे से ग्राम 'गोगुन्दा' में जा बसी। जहाँ 'रूठीरानी' के नाम से विख्यात हुई।

मानव चरित्र भी कितना उलझा हुआ होता है ? एक तर.फ सदैव मृत्यु का वरण करने को तत्पर योद्धा जीवन पर्यन्त देह और भोग से ऊपर नहीं उठ पाया। दूसरी तर.फ अप्रतिम दैहिक सौन्दर्य के कारण ही जिसका वरण किया गया उसके लिए देह और भोग का कोई महत्त्व नहीं। वो पति से बेहद प्यार करना चाहती थी। रिश्तों को, सम्बन्धों को, मन से जीना चाहती थी। उसके रूठने में कोई द्वेष, कोई प्रतिशोध, कोई कुण्ठा नहीं बल्कि यह सन्देश कि नारी या पत्नी केवल देह नहीं। जहाँ केवल तन का मिलन ही हो मन का महत्त्व नहीं उस सम्बन्ध को कुछ भी कहा जाए दांपत्य नहीं है। मन से पत्नी का सम्मान और इज़्ज़त सर्वोपरि नहीं वह कैसा दांपत्य ? उस पतिव्रता का दुर्भाग्य था की जिसके लिए उसका रूठना था वह व्यक्ति आजीवन प्रेम के इस चरम रूप को समझ नहीं पाया। आजीवन कष्ट पाकर भी अन्त में जब पति की देह नहीं रही तब उसी रिश्ते में स्वयं को मिला लिया, एकाकार कर लिया। जैसे ही गोगुन्दा समाचार पहुंचा कि जिससे रूठी थी वह अनंतयात्रा को चल पड़ा है तो उमादे शीघ्र ही जोधपुर के लिए चल पड़ी। वहाँ पहुँचते ही बिना क्षणभर का विलम्ब किए उनकी पगड़ी के साथ स्वयं को अग्नि को समर्पित कर दिया।

उसके त्याग ने रिश्तों को उस ऊँचाई तक पहुँचाया जिसे सदियों तक

स्मरण किया जाएगा, श्रेष्ठता की यह उष्णता अनेक दम्पतियों को प्रेरित करेगी, दांपत्य का अर्थ समझा पाएगी।

पलायन

पश्चिम के धोरे (रेत का टीला) को भगवान भास्कर मुकुट बन कर सुशोभित कर रहे थे। थार की धरा जैसे पीत वस्त्र धारण कर चुकी हो। यह संकेत था, शाम की चाय के समय का। 1965-70 का काल। ग्रामीण इलाकों में तब घड़ियों का चलन नहीं था। माँ ने चाय बनाई, मुझे कहा दाता (दादाजी) को देकर तुरन्त वापस आ जाओ। वापस आने पर बोली, अब मज़दूरों को दे आओ। मैंने कहा, उन्हें तो खुदाई में सोने के सिक्के मिले थे। वे लेकर घर चले गए। इतना कहकर खेलने के लिए दूसरे बच्चों के साथ भाग गया।

माँ ने सोचा खेलने के लिए मैंने कोई कहानी गढ़ ली होगी। वे स्वयं चाय लेकर वहाँगई, जहां पर नए कमरे बनाने के लिए नींव खोदी जा रही थी। सदैव सूर्यास्त के पश्चात जाने वाले मज़दूर आज सचमुच जा चुके थे। उस स्थान के पास में ही एक साबूत छोटा सा मटका भी पड़ा था। अब उन्हें लगा शायद मेरी बात में कोई सत्यता हो। माँ ने स्वयं उस रेत को थोड़ा इधर उधर किया तो एक सोने का सिक्का मिल गया। संदेह दूर हो चुका था पर मन में अनेक प्रश्न उठ खड़े हुए थे। सोने के सिक्के हमारे इस कच्चे घर की चारदीवारी में किसके थे? माँ को विवाह करके इस घर आए कोई दस वर्ष होने आए थे पर कभी किसी ने ऐसी चर्चा तक क्यों नहीं की? न जाने कितने थे? सैकड़ों या हजारों? मजदूर लेकर चले गए अब वापस तो मिलने नहीं। बच्चे ने देखा भी तो उसकी बात पर कौन यकीन करेगा? माँ मन में ऐसे अनेक प्रश्नों को लिए,

ठण्डी चाय लेकर वापस घर में आ गई। संयोग से पिताजी नौकरी से छुट्टी आए हुए थे। मैंने भोजन की थाली ले जाकर उनके सामने रखी। उन्होंने भोजन प्रारम्भ ही किया था कि माँ ने सिक्का उनके सामने रखते हुए पूरी कहानी विस्तार से बताई और युद्ध काल में बेकरार होते सैनिक की तरह एक एक कर अपने सारे प्रश्न दाग दिए।

भोजन करते हुए वे बोले क्या आप जानती हैं गाँव में कहते हैं पड़ा हुआ सोना मिल जाए तो अपशकुन होता है? उसे छूना भी नहीं चाहिए। तब फिर आप इसे घर में क्यों लाई? क्या आप अपने घर का अहित चाहती हैं?

तो क्या सचमुच ऐसा होता है? सोना कौन छोड़ता है? सभी लोग इस तरह से मिले हुए स्वर्ण को जिसका कोई मालिक नहीं उसे स्पर्श भी नहीं करते? ऐसा क्यों?

पता नहीं सब लोग क्या करते हैं पर मेरा व्यक्तिगत मानना है कि इस सिक्के को हमें नहीं रखना चाहिए। सुबह मजदूरों के आते ही उन्हें भी बता देना कि घर की सुख शान्ति चाहते है तो ये सिक्के नहीं रखें। जिस गम्भीरता से बात कर रहे थे साफ झलक रहा था कि इसके पीछे कोई गहरा रहस्य है। अब माँ और मेरी रुचि सिक्कों से अधिक उस रहस्य को जानने में थी।

वो बोले जा रहे थे... अपनी चारदीवारी और पूरे गाँव में देखा है आपने? सब जगह मिट्टी के बर्तनों के टुकड़े बिखरे पड़े है। गाँव बसे हुए सौ वर्ष भी नहीं हुए। चालीस घरों की बस्ती। कभी सोचा इतने सारे ये टुकड़े कहाँ से आए? सामाजिक परम्परानुसार आप लोग खेतों में नहीं जाती वरना अपना जो पार (जहाँ बरसात का पानी इकट्ठा होता है) है वहाँबड़े बड़े पत्थर लगे है वो भी देखतीं।

माँ बीच में ही बोली। मैंने देखा है एक बार पूरा गाँव वहाँ जो पाबूजी का मन्दिर है उसमें प्रसाद चढ़ाने गयी थी तब देखा था। उन पर बहुत करीने से खुदाई की हुई है और कुछ लिखा हुआ भी है। सुना है वर्षों पहले पालीवालों ने वे पत्थर लगवाए थे।

और किसी ने कुछ बताया पालीवालों के बारे में?

माँ ने ना में बस गर्दन हिला दी।

खुले आँगन में बैठे पिताजी ने अचानक आकाश की तरफ़ देखा। दूर तक

विस्तीर्ण मरुधरा के इन धवल धोरों पर रात्रि में सितारों को जो भी देखता है अन्तरिक्ष के उस सौन्दर्य में खो जाता है, हृदय में एक अजीब सा सुकून भर जाता है। कोई डेढ़ सदी पूर्व चन्द्रमा की रोशनी में आलोकित ऐसी ही एक सुन्दर रात की बात है। उस समय जैसलमेर रियासत पर भाटी राजपूत वंश का शासन था। इसी रियासत में चौरासी गाँव पालीवाल ब्राह्मणों के थे।

दिन में पालीवालों के समाज की बैठक थी। प्रत्येक गाँव से लोग वहाँपहुंचे थे। साधनों के नाम पर ऊँट-घोड़े ही थे। जैसलमेर का विस्तृत क्षेत्र, इसमें बिखरे अपने-अपने गाँवों में पहुँचते हुए शाम हो गई थी। रोज़ मन को सुकून देने वाला तारामंडल उस रात ऐसा लग रहा था जैसे अंगारों से भरा आसमान हो और वे उन पर बरसने वाले हैं। लगभग यही वक़्त था। किसी के हाथ में भोजन की थाली आ गई थी तो किसी का बच्चा रोटी के लिए रो रहा था, जिसके लिए माँ चूल्हा जलाने में लगी थी। किसी घर में गाय का दूध निकाला जा रहा था। कुछ बछड़ों को अलग कर रहे थे। खेती वाले खेतों से घरों को लौटे ही थे, चूल्हे पर बन रही रोटी की सौंधी महक से उनके मुँह में पानी आ रहा था।

ठीक उसी वक़्त ऐलान हुआ, पंचायत का निर्णय हुआ है कि हमारे चौरासी गाँवों में से सभी लोग, जो जिस हालत में है अभी इसी वक़्त चल पड़ेंगे। कल सूर्योदय होने पर कोई पाँव जैसलमेर की धरती पर नहीं होगा। कानों में ये आवाज़ पहुँचते ही हाथ की थाली गिर गई। खेतों से आए भूख से तड़पते लोगों की भूख मर गयी। चूल्हे पर रखी रोटियां जल गईं। माताएं भूल गई कि भूख से तड़पता उनका लाड़ला रो रहा है। किसी की बेटी का ब्याह तय था तो किसी के घर बहु आने वाली थी पर उस संकट में किसी को कुछ समझ में नहीं आ रहा था की कोई क्या करे ?

कुछ दिन के लिए घर छोड़ कर जाता है वह भी कितना दु:खदायी होता है ? अपना देश, अपनी माटी, जिन घरों को बनाने में उनकी पीढ़ियां खप गईं, जहाँ पर उनकी कई पीढ़ियों की यश गाथाएँ पत्थरों पर उत्कीर्ण की हुई थीं, सिर्फ पत्थरों पर ही नहीं बल्कि सचमुच में अपने मेहनतकश हाथों से जैसलमेर रियासत का भाग्य लिखा था, उसे अभी इसी वक़्त सदैव के लिए छोड़ना था। जो जैसलमेर कभी केवल अकाल की त्रासदी के लिए जाना जाता था, जहाँ दो बूंद पानी के लिए सिर कट जाते थे, उन्ही सूखे धोरों में उन्होंने अपनी बुद्धि

और चातुर्य से वर्षा जल को इकट्ठा करके खड़ीन बनाए जिससे ग्वार बाजरा ही नहीं गेंहूँ, सरसों, जीरा तथा विभिन्न सब्जियां तक उपजाई जाने लगीं। जिस मरुस्थल में दूर तक पेड़ का नामोनिशान तक नहीं था वहाँ हरियाली से आच्छादित धोरे दिखने लगे, जिस माड़धरा को वनस्पति के लिए बाँझ माना जाता था उसमें लोगों ने रंग बिरंगे पुष्पों को प्रस्फुटित होते देखा। व्यापार से धन कैसे कमाया जाता है पहली बार देखा । इनके व्यापार की प्रसिद्धि सिंध और अफगानिस्तान में पाँव फैला चुकी थी। हिन्दुस्तान के कई छोटे-छोटे राज्यों से अधिक तो एक-एक व्यवसायी की आय थी। पड़ोस के समृद्ध राज्य भी जैसलमेर के इस सौभाग्य से ईर्ष्या रखने लगे थे।

आज मातृभूमि की इस सेवा का कैसा प्रतिफल मिला था उन्हें ? नियति भी कैसे कैसे भाग्य लिखती है! कोई कितना ही ज्ञानी हो आज तक समझ नहीं पाया। आज वह साबित करने को तुली हुई थी की कर्म के सिद्धांत, प्रारब्ध, सब कुछ सिद्धांत भर है। ग्रह-नक्षत्र, सारी गणनाएँ मनुष्य करता रहे पर, समय का चक्र कैसे घूमेगा यह तो नियति ही तय करेगी। चौरासी गाँवों का एक साथ, एक जैसा भाग्य? वो भी ऐसे लोग जिन्होंने अपने कर्म से जिस रियासत के दुर्भाग्य को सौभाग्य में बदला आज उन्ही के भाग फूट गए? कौनसे बुरे कर्म किए थे? क्या अपराध किए थे उन्होंने? गाँव में कोई अनजान राहगीर भी आया तो उसे अपने प्रिय की तरह भोजन, पानी, रहने की सुविधा सदैव उनकी परम्परा रही। पशु भी आया तो अपने पशुओं के साथ चारा पानी दिया। इससे अधिक धर्मभीरु कोई क्या होगा? विधाता द्वारा उन्हें यह दण्ड किस लिए दिया जा रहा था? किसी को कुछ समझ नहीं आ रहा था। अब सोचने समझने का समय था भी नहीं, उनकी पंचायत निर्णय कर चुकी थी।

उस अदृश्य शक्ति द्वारा अमिट स्याही से जो लिखा जा चुका था उसे मिटाने के सारे प्रयत्न वे कर चुके थे पर राम और राज दोनों रुष्ट हो तो सुनवाई कौन करता? जब और कोई राह नहीं बची तो पलायन के इस निर्णय को क्रियान्वित करना ही अन्तिम विकल्प था। जो जिस स्थिति में था, थोड़े बहुत रुपये-पैसे, खाने की सामग्री और बच्चों को लिया बाकी सब कुछ अपने सुन्दर घर, जिन्हें बनाने में कितनी ही पीढ़ियों की मेहनत लगी थी, बर्तन-भांडे, सामान, दुधारू गायें, भैंसें, बकरियां, ऊँटों के टोले, लहराते हुए खेत, सब कुछ उसी हालत

में छोड़ निकल पड़े, सदैव के लिए। पर मन कहाँ मानता है? कैसे मान लेता की उस देश, मातृभूमि से जहाँ उनकी पीढ़ियों की स्मृतियाँ बसी थीं, लौट कर कभी नहीं आएँगे। मन की इसी मजबूरीवश कुछ लोगों ने अपनी स्वर्ण मुद्राएँ बर्तनों में डाल कर ज़मीन में गाड़ दी। इस विश्वास से कि ये बुरे दिन भी कल शायद फिरेंगे, इस रात का सवेरा भी कभी तो होगा, हम नहीं तो हमारे बच्चे आकर इन घरों में रहेंगे तब यह गड़े हुए सिक्के उनके काम आएंगे। पर मानव की बनाई योजनाएं कब क्रियान्वित हुई है? वह रचयिता किससे क्या चाहता है? कोई नहीं जानता। कितने ही सम्राटों को रोटी के लिए मोहताज़ कर दिया तो कितने ही अनाथों को नाथ बना दिया।

पर ऐसी क्या बात हो गई जो पंचायत को अचानक ऐसा निर्णय लेना पड़ा? हुकम! माँ बोली

बात ऐसी ही कुछ थी, कोई भी स्वाभिमानी इन्सान या समाज अपनी इज्ज़त, मान-मर्यादा के लिए यही निर्णय लेता। उस वक़्त जैसलमेर का दीवान था सालम सिंह मोहता। कहते हैं हज़ारों दुष्ट मरे होंगे तब एक सालम पैदा हुआ था। वैसे भी राजा जब अक्षम और मौन हो जाता है तो मंत्री निरंकुश होते ही है। यही महारावल मूलराज के राज में हुआ। उनकी कायरता की बदौलत सारी शक्तियां दीवान ने अपने हाथ में ले लीं। वह इतना अत्याचारी, अय्याशी, भोगी था कि प्रजा त्रस्त हो गई। एक तो अकाल की मार, ऊपर से वह नए-नए कर लगाए जा रहा था। कोई विरोध करता तो कुचल दिया जाता या कुछ दिनों बाद वह गायब हो जाता, कहाँ गया कोई नहीं जानता। यह राज़ सालम, उसके कुछ विश्वासपात्र लोग और ईश्वर के सिवाय कोई भी नहीं जान पाता। प्रजा अपना दुखड़ा किसे सुनाती? महारावल तो होते हुए भी थे नहीं। जो कुछ था वह दीवान, वही विधायिका, वही कार्यपालिका, और वही न्यायपालिका इसलिए .फ़रियाद का कोई अर्थ नहीं था।

सिर्फ अपनी अय्याशी के लिए उसने हवेलियाँ बनवाई। जिनमें अँधेरा होते ही दीपक जल उठते, मदिरा और मृगनयनी का खेल प्रारम्भ होता और उस खेल में कई घरों के दीपक बुझ जाते। कुछ तो दिल के टुकड़े की जिन्दा लाश को लेकर ज़हर का घूंट पी कर जीने को मजबूर थे तो कुछ को तब पता लगता जब जैसलमेर के गड़ीसर तालाब में उसका शव दिखाई देता। कुछ कन्याएँ उसके

मन को भा जाती पर उनके साथ इस तरह खेलना निरापद नहीं लगता, उसके लिए उसने बहुपत्नी परम्परा प्रारम्भ कर दी। तरीका कुछ भी अपनाना पड़ें राजी मन से, बलात या विवाह करके पर यह तय था कि जो कन्या उसकी आँखों को भा गई वह उसकी सेजों पर पहुंचनी चाहिए।

एक दिन वह पालीवालों के गाँव में राजकार्य से गया। कार्य कुछ भी हो कामी की नज़र तो कामिनी ढूंढती रहती है। अर्धशतक पूर्ण कर चुके उस दरिन्दे की दृष्टि एक षोडशी पर पड़ी, अप्रतिम सौन्दर्य! कोई भी देखे तो ठगा रह जाए। उसने सहयोगियों को इशारा किया। पता चला पालीवालों की बेटी है, इनमें एकता इतनी कि किसी एक के कहने से इनके चौरासी गाँव एक होने को तैयार हो जाएंगे, ऊपर से आर्थिक रूप से इतने सक्षम की राज्य के खजाने में जितना धन नहीं होगा उससे ज्यादा इनके पास होगा, नेक और सज्जन, अपणायत इतनी कि सभी जातियों के लोग इनका सम्मान करते है। आवश्यकता होने पर भाटी भी इनके सहयोग से पीछे नहीं हटेंगे।

ऐसे में उसे बलात उठाकर लाना किसी बड़ी विपत्ति को आमंत्रण देने से कम नहीं है। दीवान को भय तो लगा पर भोग ऐसा रोग है जिसके कारण इन्द्र ने अपना सिंहासन तक गँवा दिया। उसने साथियों से सलाह मशविरा करके विवाह का प्रस्ताव रखना उचित समझा। उसके पिता को बुलाया गया, बात की गई, वे बोले एक तो हम ब्राह्मण और आप वैश्य, दूसरा मेरी बिटिया की अवस्था सोलह वर्ष और आप मेरे से भी बड़े, पचास पार कर चुके है यह सम्भव नहीं है, यह अपराध है। अगर मैं हाँ भी करता हूँ तो मेरी और आपकी कई पीढियां जान बूझकर किए इस अपराध का दण्ड भुगतेगी, यह असम्भव है। आप बड़े हैं, दीवान हैं, पितातुल्य हैं, मेरी विनती है आप इस बात को इसी समय भूल जाएं और हमारे पर दया करें। दीवान और उसके दुष्ट सहयोगियों ने बहुत समझाया, राजपुरुषों की कोई जाति, कोई उम्र नहीं होती है, ऐसे हज़ारों उदाहरण मिल जाएँगे पर इन सब बातों का कोई असर नहीं होता देखा तो उसे बहुत बुरे परिणाम के लिए तैयार रहने को कह कर चले गए।

शाम को गाँव के सब पंचों को बुलाया गया। कन्या के पिता ने उनके सामने बात रखी। सभी ने एकमत से उसकी पीठ थपथपाई, कहा बहुत अच्छ किया। इज्ज़त मिट्टी में मिला कर जीने से तो अच्छ है हम मर जाएं। जो

भी मुसीबत आएगी देखा जाएगा। कहने को तो कह दिया पर दीवान को सभी जानते थे। किसी विषधर पर पैर रखना तो फिर भी सुरक्षित हो सकता है पर सालम सिंह बदला लिए बिना रहने वाला नहीं था। यह बात भीतर ही भीतर सभी जानते थे इसलिए भयभीत भी थे और सावधान भी।

अगले ही दिन सालम सिंह द्वारा समाज के पंचों को जैसलमेर बुला कर सहमति की कोशिश की गई। कई लालच दिए गए, धमकियाँ दी गईं, पर वे नहीं माने। तब वर्षों से पड़ रहे भयंकर अकाल के बावजूद पूरे समाज पर अर्थदण्ड के रूप में भारी कर की घोषणा की गई, नहीं चुकाने पर राज द्वारा बलात वसूली की जाएगी तथा कहा गया राज और भी बहुत कुछ कर सकता है। पुनः एक बार सोच लेना। सोचने के लिए कुछ दिन का समय दिया गया । पंच इकट्ठे थे ही, वहाँ से गाँव गए। वहीं निर्णय हुआ, अब यहाँ रहना सुरक्षित नहीं है। कर तो एक बहाना है, असली कारण सब जानते थे। सब की राय यही थी कि कर चुका भी देंगे तो कल फिर नई मांग आएगी। हालांकि राजा बदल चुके थे और महारावल मूलराज के विपरीत नए महारावल से बहुत आशाएं भी थीं पर वे राज्य से बाहर थे। दीर्घकाल तक लौटने की कोई उम्मीद नहीं थी।

जहाँ पल-पल भारी हो वहाँ इतना इंतज़ार संभव नहीं था। इसलिए हृदय को विदीर्ण करने वाला कठोर निर्णय हुआ। वह निष्ठुर प्रभात आए जब राज के सिपाही बलात हमारी बेटी को उठा कर ले जाएं या कर के नाम पर हमें बेइज्ज़त करने, कुचलने आए उससे पूर्व चौरासी गाँवों का एक ही रात्रि में सामूहिक पलायन। जैसलमेर की धरा, इस मातृभूमि को, जिसे सदा चन्दन समझा, ललाट पर लगा कर, सजल नयनों से अलविदा कहना होगा। हमारे इस दुर्भाग्य के काल में आँखें बंद कर विलम्ब करने से बेहतर होगा कि आज की रात्रि को ही इस पलायन का साक्षी बनाया जाए।

करियर

रात्रि एक बजे घर पहुँची। स्मरण हो आया कि बेटी से बात करनी थी पर अब वहाँतो रात के तीन बज रहे होंगे। इस समय बात करूँ या ना? दिन में उसका फ़ोन आया था। कितना चहक रही थी? चहकती क्यों नहीं? कोई भी लड़की ख़ुशी से उछलती है जब सपनों का राजकुमार मिल जाए,...ना ना अब तो ज़माने के साथ भाषा भी बदल गई, अब उसे 'डूड' कहते हैं। नाम कुछ भी दो क्या फ़र्क़ पड़ता है? सपना तो अब भी वही कि एक अच्छा लड़का मिले। उससे भी बड़ा सपना, जीवन का सर्वाधिक सुखद अहसास होता है कि वह माँ बनने जा रही है। कितनी ख़ुश लग रही थी वो? समाचार सुनाते हुए की अभी अभी डॉक्टर ने बताया, वह प्रेग्नेंट है। सबसे पहले यह न्यूज़, मैं आपको दे रही हूँ।

मैं ठीक से बात भी नहीं कर पाई। सिर्फ इतना ही कहा बेटा बाद में बात करती हूँ। फिर दिन भर ऐसी उलझी की अब फ्री हुई। उस समय बात कैसे करती, ऊपर दस लोग तो खड़े थे, मेम डेलीगेट पहुँच गए हैं, ये तैयार नहीं, वह अधूरा है, प्रेजेंटेशन एक बार देख तो लो आदि-आदि। ऐसे में कोई क्या बात करे। स्वयं का बिज़नेस तो किसी को करना ही नहीं चाहिए। सरकारी नौकरी होनी चाहिए, समय होते ही ऑफिस के ताले और फिर अपना घर अपने बच्चे।

अपनी पहली प्रेगनेंसी पर मैंने भी तो माँ को फ़ोन किया था। फ़ोन पर

ढाई घंटे कब निकले अहसास भी नहीं हुआ। अगले ही दिन लड्डू लेकर पापा पहुँच गए थे मेरे ससुराल। जब मैंने पापा को कहा आप को तो हार्ट प्रॉब्लम है आप क्यों आए तो बोले बेटा ऐसी ख़ुशी के मौके पर भी नहीं आता तो फिर मेरा और इस हार्ट का रहने का अर्थ ही क्या ? मुझे तो विश्वास नहीं हो रहा था कि ये वही पापा थे जिन्हें हम बचपन से हिटलर पापा कहते आए हैं। मैंने कहा याद है पापा मैं शायद आठवीं या नवीं में थी और घर के सामने स्टेशनरी की दुकान पर पेन्सिल लेने जा रही थी, आप ने डांट कर बिठा दिया था, कोई ज़रूरत नहीं शाम को मैं निकलूंगा तब ले आऊंगा। आपके आगे किसकी चलती ? मम्मी भी कुछ नहीं कह पाती थी। आज मेरे एक ़फोन पर यहाँ ? बेटा, वो सब भी तुम्हारे लिए ज़रूरी था। इसके बाद कई घटनाएँ हुईं जिनसे अहसास हुआ हिटलर पापा कितने नरम दिल थे।

मम्मी का रोते-रोते अचानक ़फोन आया था कि पापा को हार्ट अटैक हुआ है। दादाजी, चाचाजी, उनके फ्रेंड्स सभी ने बहुत समझाया पर वे सर्जरी के लिए तैयार नहीं थे। बस यही कहते हैं कि रिटायर हो गया, पोते दोहिते हैं, अभी बच गया, अब दो चार साल निकल भी जाए तो ठीक और न भी निकले तो क्या। आप सबको परेशान करने का क्या मतलब।

मैं उसी समय पहुँची। दादाजी बोले मुझे तो पता है बचपन से ही ऐसा जिद्दी है, किसी की नहीं सुनेगा। हम तो थक गए अब तू जाने और तेरा बाप, समझा इस भले आदमी को कि तुम्हें हो न हो पर हमें तेरी ज़रूरत है। उसके बाद सन्नाटा और फिर सब उठकर बाहर चले गए। अस्पताल के कमरे में सिर्फ मैं और पापा। मैंने काँपती आवाज़ में कुछ बोलने की कोशिश की तो आँखें भर आईं, बोली पापा आपको सर्जरी तो करवानी ही है। उनकी आँख के किनारे से आँसू लुढ़का, मेरा हाथ पकड़ा और बोले बेटा दादा पोती सोच कर बता दो कब। उस दिन के बाद मैंने महसूस किया अकसर मैं आदेश के लहजे में कहती थी और पापा हँसते हुए मान जाते थे। पापा की बजाय मैं कब हिटलर बन गई पता ही नहीं चला।

पापा को मैं आदेश देती पर ससुराल में पति देव के आदेश मेरे लिए होते। चाय बना कर रखती और बोलती ठण्डी हो रही है, पी लो पर हाँ हूँ करते रहते और आधे घंटे बाद आदेश होता चाय ठण्डी हो गई, गर्म कर दो। शुरू शुरू

में लगता परेशान कर रहे है फिर आदत सी हो गई। गर्म करके ले जाती पास बैठ बोलती अब पी लो अब और गर्म नहीं करूँगी। तभी अपनी बाहों में ले लेते और बोलते ऐसी प्यारी बीवी जिसकी बाँहों में हो उसे चाय ठण्डी हो या फीकी इससे क्या फ़र्क पड़ता ? ऐसी ही छोटी-छोटी परेशानियों, लड़ाई झगड़ों, शरारतों, हँसी-ठिठोलियों के साथ गृहस्थी आगे बढ़ी। समय के साथ समझ आया कड़क दिखने वाले पापा या पति भीतर से कितने नरम थे।

बस एक ही परेशानी थी मेरा प्रमोशन नहीं हो रहा था। हालाँकि कोई आर्थिक परेशानी नहीं थी फिर भी लगता था अच्छा करियर भी तो होना चाहिए। तभी किसी दूसरी कम्पनी से अच्छा ऑफर आया, पैसा और पद दोनों पहले से कहीं बेहतर, परेशानी यही की पोस्ट यू.एस. में रिक्त थी। आश्वासन दे रहे थे अवसर आने पर भारत भेज देंगे पर ऐसा कब होगा कह नहीं सकते। पतिदेव ने ना नुकुर तो किया पर इतना अच्छा मौका न छोड़ने की मेरी ज़िद देखकर जाने दिया। वहाँ कुछ समय बाद बेहतर के चक्कर में कई कम्पनी बदलते हुए अपना बिज़नेस प्रारम्भ किया। उसे आगे बढ़ाया इस बीच कब पंद्रह बीस वर्ष निकल गए पता ही नहीं चला।

पति के एक दिन टूर का कहते ही मेरी आँखों में आँसू आ जाते, बिटिया स्कूल जाती तो पीछे घंटों रोती रहती थी। उन दोनों से दिनों के अन्तराल से होते हुए कब महीनों के अन्तराल में बात होने लगी पता ही नहीं चला, इस बीच कितनी ही बार पति ने ज़िद की वापसी की। यह सोच कर की बस यह काम हो जाए तो आती हूँ, वो हो जाए फिर आती हूँ पर नहीं निकल पाई। कार्य करने वाले भी सभी यही समझाते थे कि मेम इतने फैल चुके बिज़नेस को छोड़कर जाना तो निहायत ही बेवकूफ़ी है। आज आप यहाँ हो, कल हो सकता है टॉप पर पहुँचो, सबकी नज़रें आपकी तरफ़ होंगी।

अकेलापन कब किसको निगल जाता है हम कल्पना भी नहीं कर सकते, हादसा होने पर ही समझ आता है। एक दिन अचानक से पति का फ़ोन आया उन्हें हार्ट अटैक हुआ है। ऑफिस के लोग अस्पताल ले जा रहे हैं।

रोते हुए मैं बोली– ''पहली फ्लाइट लेकर आ रही हूँ।''

उधर से अवसाद में डूबी धीमी सी आवाज़ आई, व्यर्थ में परेशान होगी और बिज़नेस भी अफेक्ट होगा, रहने दो।

अस्पताल पहुँचने के बाद मोबाइल बंद हो गया था और मेरे पास किसी और का नंबर था नहीं। हालाँकि अब भी कम्पनी में सभी ने रोकने की बहुत कोशिश की, मेम कल की मीटिंग बहुत ज़रूरी है।

तुम समझते क्यों नहीं वो मेरे हस्बैंड है।

ऐसा लग रहा था वे कहना चाह रहे हों– ''मेम हस्बैंड तो दूसरा मिल सकता है पर ऐसी डील का अवसर बार बार नहीं आता।'' अगले दिन जब मैं पहुँची तो पता लगा उन्हें आभास हो गया था तभी कहा, आकर व्यर्थ में परेशान होगी। मैं उस समय उन शब्दों के मर्म को समझ नहीं पाई। मेरे पहुँचने तक वे इस दुनिया को अलविदा कह चुके थे।

वो ही नहीं रहे तो अब बिज़नेस छोड़ कर यहाँ आने का कोई अर्थ नहीं रह गया। बिटिया के डिग्री का अंतिम वर्ष था। उसे अगले वर्ष साथ ले जाने का कह वापस निकल गई। मेरे जाने के बाद पहली बार उसने पापा या मम्मी दोनों के बिना अकेले बर्थ-डे मनाया। मैंने नेट से आर्डर करके केक तो भेजा था पर ऐसे केक स्वादहीन होते हैं। याद आया वह केक जो बिटिया सातवीं में थी तब उसने मेरे बर्थडे पर बनाया था। थोड़ा सा जल गया था, सोडा डालना भूल गई थी तो इतना कठोर था की तोड़ना भी मुश्किल था फिर भी सभी ने कितने आनन्द के साथ खाया था, हँसते हुए पेट के बल पड़ गए थे। उस एक दिन की जितनी तो इन बीस सालों को मिलाकर भी नहीं हंसी।

अब तो इन्तजार था कितना जल्दी एक साल निकले, बिटिया कि डिग्री पूरी हो और हम साथ हों। साल तो निकला पर इन्सान की योजनाओं का क्या? वे तो रेत के महल हैं, पलक झपकते ही ढहने लगते हैं। साथ रहने का सपना टूट गया। बेटी ने दो बधाई साथ दी। एक डिग्री पूरी होने की और दूसरी उसने लड़का पसन्द कर लिया है। आप कब फ्री होंगी? विवाह की तारीख तय करनी है। जिस माँ के पास इतना भी वक़्त ना हो कि उसके दिमाग में यह बात तक नहीं आई कि बेटी बड़ी हो गई है, अब अच्छा घर, लड़का देखना चाहिए, वह किस अधिकार से हाँ या ना कहती? यह तो उसका बड़ा दिल था कि ख़ुशी के इन पलों में शामिल करने का तो सोचा।

अलार्म बजा, उनींदी आँखों से चारों तरफ़ देखा, पता लगा पलंग की बजाय सोफ़े पर ही रात निकल गई। मेरे लिए तो पापा लड्डू लेकर आए थे।

बिटिया के लिए मैं नेट से आर्डर करूँ? औपचारिकताओं का क्या मतलब? पैसे या लड्डू की कमी तो उसे भी नहीं। उन लड्डुओं में एक भाव होता था कि हम कितने चिन्तित हैं, आज भी कितना ख़याल है तेरा। महत्त्व पापा के आने का था लड्डुओं का नहीं। मेरे लिए जाना सम्भव न था। उलझनों में सात माह का समय निकल गया। मुझे पापा सातवें माह में ससुराल से ले गए थे। मैं लाती भी तो घर पर किसके भरोसे छोड़ जाती? वक़्त फिर आगे बढ़ गया। दुर्भाग्य से दो माह बाद मैं ऐसी बीमार हुई की किसी भी बेटी को, जब माँ की सबसे ज़्यादा ज़रूरत होती है, उस वक़्त भी नहीं पहुँच पाई। उसके बेटे के जन्म की साक्षी भी नहीं बन पाई।

आज पहली बार जीवन में इतना पछतावा हुआ। बिज़नेस, पैसा, पद, करियर सब परिवार के लिए होता है पर मैंने उसे पाने के लिए परिवार ही खो दिया। किस काम की यह ऊंचाई जहाँ सब लोग यस मेम करते हैं, बिज़नेस क्लास में एक देश से दूसरे देश जाना, बड़े बड़े लोगों के साथ बात करना, करोड़ों डॉलर की डील साइन करना सब कुछ कितना खोखला है? आज मैं बीमार हूँ तो डॉक्टर है, सर्वेन्ट्स भी है पर वो प्यार भरे हाथ कहाँ हैं जो सिर दबाते थे और सुबह पता लगता था मैं उनकी गोद में सिर रखे सोती रही, वो जागते रहे। परेशानी में जब वो अपनी बाँहों में भर कहते, चिन्ता मत करो तो लगता था दुनिया के सबसे मजबूत किले में सुरक्षित हूँ। वो चाहते थे ठीक हो जाऊं ताकि साथ जिएँ, ये भी चाहते हैं जल्दी से ठीक हो जाऊं पर इसलिए कि बिज़नेस और उनकी नौकरी सुरक्षित रहे। हल्का सा बुखार भी होता था तो पति सबसे पहले कहते थे ऑफ़िस से छुट्टी लो, यहाँ गम्भीर बीमार होऊं तब भी इनकी इच्छा होती है कैसे भी ऑफिस पहुँच जाऊं। पढ़ी लिखी होने के बावजूद जब पूछती थी अभी ग्रीन, रेड या वाइट टेबलेट लेनी है? तो गुस्सा भी होते थे पर जानते थे मैं ऐसा जानबूझ कर करती ताकि वो अपने हाथ से गोली दे। उसमें गोली से अधिक असर उन हाथों के प्रेम भरे स्पर्श का होता था। एक अकल्पनीय आनन्द मिलता था। उस अविस्मरणीय आनन्द के सामने बुखार का दुःख विस्मृत हो जाता था।

बराबरी

हम तहसील मुख्यालय तक पहुँच चुके थे। यहाँ से मेरा गाँव कोई पचास किलोमीटर की दूरी पर था। सोचा, चाय पीकर थोड़ी थकान मिटा ली जाए। वैसे इधर से जब भी गुजरता हूँ ढाबे के सामने बरगद के पेड़ के नीचे चाय पीने का लुत्फ़ छोड़ने का जी नहीं करता है।

चाय पीकर फिर से गाड़ी में आ बैठे। गन्तव्य की तरफ़ चलने को उद्यत हुए, कार का पुश बटन दबाया।

पर ये क्या?

ये गाड़ी और इन्सान भी अजीब होते हैं जब तक साथ देते है बहुत देते है और जब नज़र फेरते हैं तो ऐसी की जैसे आपसे कोई मतलब नहीं।

श्रीमती जी बोली आप कहना क्या चाहते हैं? मैं कुछ समझी नहीं?

यही की यह गाड़ी यहाँ तक तो एयर-कंडीशन की ठण्डक में बिना किसी परेशानी के ले आई पर अब इसने नज़र फेर ली है, चलने से इनकार कर रही है।

उस ढाबे वाले को बताया। उसने दूर छोटी सी दुकान पर बैठे एक आदमी को आवाज़ दी। वह आया, गाड़ी देखी, एक दो अन्य लोगों को भी बुला लाया। सभी ने जाँच के पश्चात् बताया कि एक ही आदमी है जो शायद इसे ठीक कर पाएगा और वह आज यहाँ है नहीं, कल आएगा।

अब हमारे पास गाड़ी को वहाँ पर छोड़कर गाँव जाने के सिवाय कोई

विकल्प नहीं था।

श्रीमती जी ने मेरी तरफ देखा। जिह्वा तो मौन थी पर उनके नयन प्रश्न पूछ रहे थे कि अब क्या होगा? सुविधाओं की आदत भी नशे की लत से कम नहीं होती। वातानुकूलित स्वयं की कार के पश्चात बस जैसे भीड़ भरे सार्वजनिक वाहन में यात्रा का सोचते हुए भी भय लगता है।

कार को उस लड़के को सुपुर्द करके गाँव जाने हेतु हमने टैक्सी स्टैंड का रुख किया पर विवाह का सीज़न होने से वहाँ कोई टैक्सी नहीं मिली। अब बस में जाने के अलावा कोई विकल्प नहीं था।

बस के नाम से हम दोनों के ज़ेहन में बीस वर्ष पुरानी तसवीर ताज़ा हो गई। जब विवाहोपरान्त पहली बार हम अपने गाँव जा रहे थे। अंग्रेज़ों के ज़माने की वह शक्तिमान नामक टूटी फूटी बस। सीटों पर गद्दों का फोम तो कभी का निकल चुका था, अब तो लकड़ी के ऊपर सिर्फ रेग्ज़िन बचा था। उसके बावजूद जिसे ये सीट मिल जाती थी वह राष्ट्रपति की कुर्सी से कम नहीं समझता था क्योंकि जहाँ नीचे से लेकर ऊपर छत तक सब जगह भीड़ ही भीड़ हो वहाँ यह भी बहुत बड़ी उपलब्धि होती थी। बीच रास्ते में जहाँ-जहाँ पर थोड़ी सी भी चढ़ाई आती थी तो सभी पुरुष यात्रियों को नीचे उतार दिया जाता था। बस अपने पहले गियर में पूरी ताकत लगाती और उसके साथ पुरुष यात्री पूर्ण सामर्थ्य से धक्का, दोनों कार्य एक साथ होने से वह उस चढ़ाई को पार कर लेती। उस समय बस के जैसा ही वृद्ध हो चुका वह ड्राइवर गर्व से ऐसे देखता था जैसे एवरेस्ट फ़तह कर ली गई हो। ऊपर जाकर बस रूकती और पुरुष यात्री भी वापस अपनी निर्धारित सीट या छत पर बैठते और बस फिर चल पड़ती थी। यह कार्य स्वतःस्फूर्त होता था, कोई ना-नुकुर का प्रश्न ही नहीं था क्योंकि यह तो रोज़ाना की प्रक्रिया थी। इस तरह यह पचास किलोमीटर का सफ़र तीन घन्टे से भी ज्यादा समय में पूरा हो पाता था।

बस अड्डे पहुंचे, हमारी कल्पना के विपरीत बड़े शहरों में चलने वाली बस के जैसी ही नयी सी गाड़ी थी। भीतर देखा तो सीटें भी टू बाई टू, जिनमें आगे पीछे होने की सुविधा भी लग रही थी परन्तु भीड़ हमारी पूर्व स्मृतियों और कल्पना से भी कहीं ज्यादा थी। शायद सावों का असर था। जैसे-तैसे धक्का-मुक्की के बीच भीतर प्रवेश किया, यह सोचकर की श्रीमती जी को

तो सीट मिल ही जाएगी। भीतर पहुँचते ही देखा यहाँ तो पहले से ही कई महिलाऐं खड़ी थीं। जिन लोगों को सीट मिल गई थी वे तो विवाह से पूर्व गजानन्द जी को लाकर जैसे स्थापित किया जाता है वैसे जम गए थे। जैसे पूरा जीवन उन्हें उस सीट पर ही गुज़ारना हो। कन्डक्टर भी आया, बस चल पड़ी। मैंने सोचा वह तो महिलाओं को सीट देने के लिए किसी से आग्रह करेगा पर उसे भी टिकट के पैसों के सिवाय किसी चीज़ से मतलब नहीं था। वह उसी में व्यस्त हो गया। उसकी तरफ़ से निराशा हाथ लगने पर मैंने नज़रों को इस अपेक्षा से इधर उधर घुमाया कि कोई जानकर ही मिल जाए तो एक सीट का जुगाड़ हो जाए। खड़े लोगों में से कुछ जानकार दिखे। उन्होंने व्यक्ति विशेष से मुख़ातिब होकर नहीं पर हवा में आवाज़ अवश्य दी की अरे भाई, साहब और मैडम को तो कोई सीट दे दो, पर कोई प्रतिक्रिया नहीं हुई। अब मैं भीड़ के मध्य से झांकते हुए पुन: उसी आशय से सीटों का निरीक्षण करने लगा। कुछ लोग दिख भी गए जो जानते थे पर कोई खिड़की से बाहर झाँकने का तो कोई नींद में होने का अभिनय कर रहा था। उनसे क्या अपेक्षा की जा सकती थी? इस बात को श्रीमती जी भी समझ चुकी थी। इसलिए दिलासा देने के स्वर में बोली पचास किलोमीटर का ही तो स.फ़र है, अभी ऐसे ही बातों बातों में कट जाएगा आप क्यों परेशान होते हो। मैं भी लगभग निराश होकर उसकी इसी बात को आत्मसात करने की कोशिश में था। इतने में एक स्वर सुनाई दिया। साहब आप और मैडम इधर पधारो। मैंने उस तरफ़ देखा, कोशिश कर रहा था पर पहचान नहीं पाया की कौन है। इतने में वह वृद्ध और उसका बेटा सीट से उठ चुके थे। बेटे की रिक्त सीट पर मैंने श्रीमती जी को बिठाया। वृद्ध व्यक्ति से कहा बाबा आप को खड़े रहने में कष्ट होगा आप बैठे रहिए। उनके इनकार करने पर पास खड़ी एक वृद्ध महिला को इशारा किया तो वह बैठ गई। बाबा बोले तो कुछ नहीं पर चेहरे के भाव संकेत दे रहे थे कि सीट तो तुम्हारे लिए रिक्त की थी, उसे बिठाने वाले तुम कौन होते हो?

दिमाग पर का.फ़ी जोर देने के बावजूद उस व्यक्ति का कोई सूत्र नहीं मिल रहा था तो अंतत: उनसे पूछ ही लिया बाबा आपको पहचाना नहीं। उन्होंने बताया वे निकट के गाँव से है और हम कभी मिले ही नहीं। आगे बोले वैसे मैं पिछले महीने कार्यवश आपके ऑफ़िस में आया था पर आप कहीं बाहर

गए हुए थे तो मेरा कार्य हो नहीं सका। उन्होंने अपना कार्य बताया। मैंने उन्हें आश्वस्त किया कि इसके लिए आने की आवश्यकता नहीं, यह तो वैसे ही हो जाएगा। बाबा की पहचान के बाद अब मैं बस में बैठे दूसरे इन्सानों को पहचानने की कोशिश कर रहा था। उसी बस में कई ऐसे लोग थे जिनके कार्य मैंने निःस्वार्थ भाव से किए थे और आज वे मात्र एक सीट के कारण नज़रें चुरा रहे थे।

पूर्व स्मृतियों के विपरीत गाड़ी बहुत तेज चल रही थी और पौन घंटे में हम गंतव्य तक पहुँच चुके थे। शीघ्र घर पहुँचने की प्रसन्नता श्रीमती जी के चेहरे पर साफ़ दृष्टिगोचर हो रही थी मेरी तरफ़ देख कर बोली अब गाँवों में भी साधन कितने अच्छे होते जा रहे है ? मेरी तरफ़ से कोई प्रत्युतर नहीं मिलने पर बोली, आप मेरे साथ होते हुए भी साथ कभी नहीं होते हो, अपनी ही दुनिया में विचरण करते रहते हो।

कहाँ खो गए आप ?

तुम्हारी ही बात में खोया हूँ।

क्यों ? ऐसा क्या कह दिया मैंने ?

तुमने आधी बात की है।

क्या मतलब ? मैं समझी नहीं।

याद है जब बीस वर्ष पूर्व हम बस से गाँव आए थे। बस टूटी फूटी सी थी। भीड़ तब भी लगभग ऐसी ही थी पर भीतर जाते ही कई लोगों ने उठकर सीट दी थी। तब तुमने पूछा था तुम्हारा इतना सम्मान है या भय ? मैंने बताया था यथासम्भव पद अनुसार सभी का मान सम्मान रखते है पर किसी भी महिला को सीट देना यहाँ की परम्परा है। उसके पश्चात् तुमने स्वयं देखा था आगे के स्टेशन पर जैसे ही कोई महिला बस में चढ़ती, किसी को कहने की आवश्यकता नहीं होती, कोई न कोई पुरुष स्वतः उठकर उसे सीट दे देता। एक दो बार मैंने भी कोशिश की थी पर लोगों ने अपनी सीट देकर मुझे बैठने को कहा था। अपने गाँव से दो तीन गाँव पहले जब एक महिला चढ़ी तब मैंने उसे सीट दी थी। याद है तुम्हे ? उस समय आखिरी पुरुष यहाँ के विधायक महोदय थे जो सीट पर बैठे रह गए थे और तभी अपने गाँव के लिए जूते बनाने वाले धर्मा बा की पत्नी बस में चढ़ी थी तो विधायक महोदय असहज तो महसूस कर

रहे थे पर बस में सवार सभी लोगों की बेधती हुई नज़रों का सामना करने की बजाय उन्होंने भी सीट छोड़ना मुनासिब समझा और सकुचाती हुई धर्मा बा की पत्नी उनकी सीट पर बैठ गई थी।

अब तुम ही बताओ, तुमने आधी बात ही की थी ना ?

क्या ? तुम पहेलियाँ क्यों बुझा रहे हो ?

पूरी बात बता दो ना।

जैसा तुमने कहा, यह सच है कि गाँवों में भी साधन बहुत श्रेष्ठ होते जा रहे है परन्तु मानव बहुत निकृष्ट होता जा रहा है।

क्या मतलब है तुम्हारा ?

यही की बीस वर्ष पूर्व महिलाओं की न अवस्था देखी जाती थी और न ही जाति या पद, देखते ही बिना कुछ सोच विचार, लाभ हानि की गणना के हर कोई सीट देने को तैयार रहता था। उस समय के विधायक साहब की तरह कोई अपने ओहदे के कारण पीछे सरकता भी था तो समाज का भय उन्हें ऐसा करने से रोकता था। कोई लिखित कानून तो नहीं था फिर भी सीट पहली हो या अन्तिम ग्राम्य समाज की परम्परानुसार प्रथम अधिकार महिला का ही समझा जाता था।

आज आधुनिकता की इस अंधी दौड़ में ग्राम्य जन, उनके रीति-रिवाज भी इतने एडवांस हो गए कि तकनीकी और आर्थिक विकास तो काफ़ी कर लिया पर महिलाओं को प्रथम स्थान से धकेल कर बराबरी पर लाकर खड़ा कर दिया है।

सिन्दूरी हो जाना

अवसाद जब घेरता है तो उससे उबरना किसी चक्रव्यूह को तोड़ने से कम नहीं। तो क्या मेरे साथ भी वैसा ही होगा? जिस रूप सौन्दर्य और बौद्धिक चातुर्य पर मुझे गर्व था वह सब एक सपना था? अन्तत: हार मान कर चिर शान्ति प्राप्त करने के सिवाय मेरे पास कोई चारा नहीं?

नहीं! नहीं! मैं मरना नहीं चाहती। मन ने कहा, पगली! दुनिया में मरना चाहता कौन है? सभी जीना चाहते है और वो भी अनन्त काल तक। यहाँ तक की जर्जर अवस्था में जब शरीर और बुद्धि काम करना छोड़ देते है, जीने का कोई अर्थ बाकी नहीं रह जाता, तब भी जीने की आस टूटती नहीं। जिन भोग की सुखद उम्मीद लिए जीने की कल्पना करता है वे सब उपलब्ध होने पर भी, उन्हें भोग नहीं सकता उस स्थिति में भी, कोई मरना नहीं चाहता। क्यों? कोई नहीं जानता। पता नहीं, मैं भी...क्यों जीना चाहती हूँ? क्या बचा है मेरे जीवन में? किस सुखद क्षण की अपेक्षा है मुझे?

वह अपने घर की बगिया में बैठी थी। जीवन की उकताई से परेशान होकर बैठी थी या सतरंगी फूलों के मध्य पूर्व स्मृतियों के रंगों से स्वयं को भिगो लेना चाहती थी? वह निर्णय नहीं कर पा रही थी। शीत की हल्की सी ठण्ड में गुलदाउदी कितना मासूम लग रहा है! ऐसा लग रहा है जैसे अभी ठिठुरने लगेगा। इच्छा हुई की शाल में उसको ढक ले। तभी नन्हा याद आ गया। उसे भी तो ऐसी ठण्ड लगती होगी? उसे गोद में लेकर यूँ ढक लेती तो कितना अच्छ

लगता? कितने ही महंगे कोट, स्वेटर रजाई या कम्बल हो माँ के ममतामयी आँचल की गर्मी के आगे इनकी क्या कीमत? मैंने कितना अन्याय किया उसके साथ? सुखद बचपन से श्रेष्ठ किसी के जीवन में कोई समय नहीं होता। तभी तो बचपन की मधुर स्मृतियों को मृत्यु के पूर्व तक स्मरण करके व्यक्ति आनन्दित होता है। महंगे हॉस्टल में सुख सुविधाओं की कोई कमी नहीं परन्तु बच्चों को तो मशीनी भाव से कार्य करने वाले नौकरों की नहीं, माँ के साये की ज़रूरत होती है। जो कभी प्यार से पुचकारे, कभी झिड़की लगाए, कभी उसके तमाचे से निकलने वाले आँसू भी गहरे सुख, अपनेपन का आभास देते है।

आज मैं यह सब क्यों सोच रही हूँ? अब तो वह कॉलेज जाने लगा है। ऐसा लगता है अब उसे मेरी ज़रुरत ही नहीं।

वह मेरा ख़याल रखेगा या नहीं?

कहीं अपने भविष्य के भय से ही तो मैं ऐसा नहीं सोच रही हूँ?

आने वाले समय के गर्भ में क्या होगा वह नहीं जानती परन्तु इस समय ठिठुरन भरी शीत में भी वह पसीने से भीग गई। गला सूखने लगा।

नहीं-नहीं बेटा माँ का ख़याल नहीं रखे ऐसा कैसे हो सकता है?

माँ ने भी तो...इस विरोधी विचार को उसने पूरा उठने से पहले ही विराम दे कर किसी और बात में स्वयं को व्यस्त करने का सोचा।

उसने विचारों की इस उलझन से निकलने के लिए चाय की गिलास, जो बहुत देर से ठंडी हुए जा रही थी, उठाई। दोनों हाथों से पकड़ी, हाथों को गरमाहट मिली तो पूरी देह को गुलाबी ठण्ड में गर्मी का अहसास होने लगा। क्या इस गर्मी के लिए ही उसने गिलास यों पकड़ा है? भीतर ही भीतर सोचा और खुद ही मुस्करा दी।

ठिठुरता हुआ तरुण गिलास ऐसे ही तो पकड़ता था और इसलिए वह चाय कप की बजाय गिलास में पीता था। सच तो ये था कि वो तरुण को अपने जीवन में पुनर्जीवित करना चाहती थी। उसकी मधुर स्मृतियों को झंकृत करते हुए उसे अजीब सा सुकून मिल रहा था।

यकायक उसकी नज़रों को पूर्व में उगते सूर्यदेव ने अपने चटक सिन्दूरी रंग की ओर आकृष्ट किया। वह भी तो ललाट पर ऐसी ही बड़ी बिंदिया लगाती थी। तरुण को कितनी पसन्द थी, कितनी बार कहता था जब मेरे नाम

की सिन्दूर और बिन्दिया होंगी तो सबसे पहली तसवीर वह लेगा और जीवन भर अपने पास रखेगा।

सिर्फ विचारों से व्यक्ति कितना बदल जाता है? दृश्यमान शरीर है पर वह नाचता अदृश्य विचारों के इशारे पर। हम क्या हैं कैसे होंगे सब कुछ विचारों पर ही तो निर्भर करता है। विचार बदले नहीं कि हम बदल गए। तरुण के बाद प्रतीक मित्र बन कर आया पर तूफ़ान की भान्ति, कब मेरे विचारों को तहस नहस कर उसके विचार मेरे भीतर तक सेंध मार गए मुझे भी पता नहीं चला। धीरे-धीरे मुझे लगने लगा यह बिन्दी और सिन्दूर परतंत्रता के प्रतीक हैं। मैं विवाह कर किसी की गुलाम नहीं बनूँगी फिर चाहे वह तरुण ही क्यों न हो। मेरे जीवन की दशा और दिशा दूसरे के इशारों से तय हो यह तो ठीक नहीं। ऐसे मैं मुझे विवाह की बजाय लिव-इन-रिलेशनशिप अधिक लुभावना विकल्प लगा।

यही बात मैंने तरुण को बताई। वह बोला- ''जिस रिश्ते का प्रारम्भ ही स्वार्थ और अविश्वास के साथ हो, दो देह का एक मन हो जाना तो अलग बात दो देह के साथ रहने की बाध्यता जैसे बुनियादी विचार से भी जो लोग सहमत नहीं उनके मध्य के इस पशुवत सम्बन्ध को मानवीय रिश्ते का नाम देना भी मानवता को शर्मसार करना है।'' तरुण बोलता जा रहा था, रोज़मर्रा की ज़िन्दगी से एक उबाऊपन, एक विचित्र-सी नीरसता जीवन में घर कर जाती है। उससे उबरने के लिए कुछ परिवर्तन, कुछ थ्रिल आवश्यक है। यहाँ तक सोच एक है परन्तु इससे आगे द्वंद्व का जन्म होता है। एक विचार मानता है की नीरसता से उबरने के लिए त्योहार, उत्सव, जन्म, मरण, यात्रा जैसे अनेक अवसरों का सृजन करना चाहिए परन्तु रिश्तों में स्थायित्व महत्वपूर्ण है यहाँ तक कि अमूर्त, जिसे आप देख नहीं सकते उससे भी रिश्ता जोड़ने की बात करते हैं क्योंकि किसी इन्सान पर भरोसा कर भी लें पर उसके जीवन का क्या भरोसा? इसलिए हम ऐसे अविनाशी रिश्ते की कल्पना करते हैं ताकि कभी रिश्ते के टूटन का दर्द न हो परन्तु दूसरा विचार है जो इन रिश्तों में जुड़ा हुआ तभी तक रहना चाहता है जब तक उनसे थ्रिल है। रिश्ते के नीरसपन के समय वे उस रिश्ते को ही तोड़कर नया रिश्ता बनाकर दूर करना चाहते है। वे नहीं जानते की इस टूटन से जीवन में जो अकेलापन, जो नीरसता घर कर जाएगी उसे कोई नया रिश्ता,

त्योहार, उत्सव, यात्रा जोड़ने में सक्षम नहीं होंगे। जीवन तुम्हारा है निर्णय भी तुम्हें ही लेना है। मैं पहले विचार अर्थात् संबंधों के स्थायित्व में विश्वास रखता हूँ इसलिए तुम्हारे लिव-इन-रिलेशनशिप के प्रस्ताव में साथ नहीं दे पाऊंगा, हां तुम्हारे साथ विवाह कर के मुझे अवश्य प्रसन्नता होती।

मैं किसी तरह का तर्क वितर्क नहीं करना चाहती। मेरा अन्तिम निर्णय है कि मैं विवाह नहीं करके लिव-इन-रिलेशनशिप में रहना चाहती हूँ बस। तुम्हें पाकर मैं भी स्वयं को भाग्यशाली समझूंगी और कोशिश रहेगी की जीवन भर साथ रहे पर विवाह की दासता मुझे स्वीकार नहीं।

बरसात के पटाक्षेप होने से पूर्व जैसे कुछ बूँदें गिरती हैं तरुण की भीगी पलकों में वैसा ही दृश्य था। काँपते होंठों से अस्पष्ट बुझी आवाज़ में तरुण बोला– ''जहाँ समर्पण न हो, निष्ठा न हो सिर्फ अपनी सुख सुविधाओं और वासना की पूर्ति के लिए एक दूसरे का साथ दिया जाए, मैं इस तरह के पशुवत जीवन में विश्वास नहीं करता।'' प्रतिक्रिया के सारे द्वार वैसे ही वह बन्द कर चुकी थी। तरुण बिना कुछ बोले उठा, कर जोड़ अभी तक के सुखद साथ के लिए आँखों से धन्यवाद दिया और चल दिया।

प्रतीक और मैं साथ रहने लगे। थोथे रिश्तों के नाम से व्यर्थ के बंधनों में बांधे बिना। मैं जानती थी पिताजी ने माँ के कितनी बेड़ियाँ लगा रखी थीं। यहाँ नहीं जाना, वहाँ नहीं जाना, अकेले नहीं जाना, ये नहीं पहनना, वो नहीं पहनना, उससे बात नहीं करना आदि आदि। जैसे इन्सान नहीं होकर रोबोट हो जिसमें प्रोग्रेमिंग भर दी जाए। उनके बताए के विपरीत कुछ भी कर लिया तो समाज में नाक कट जाएगी। लिव-इन की परिभाषा कुछ भी हो, हमने तय कर रखा था, फ्लेट से निकले फिर अपने रास्ते और अपनी मंज़िल। शाम को जब घर पहुँचते तो दोनों एक, इतना प्रेम, इतना ख़याल रखते कि सात जन्मों की कसमें खाने वाले पति-पत्नी भी नहीं रखते होंगे।

किसी वस्तु का सर्वाधिक आकर्षण तभी तक होता है जब तक प्राप्त नहीं हो जाए। एक बार मिल गई फिर कुछ कम हो जाता है, जैसे ही उसकी उपलब्धता हर समय रहने लगे तो महत्त्वहीन सी लगने लगती है। हमें साथ रहते हुए दो वर्ष होने आए थे और शायद यही कारण था कि प्रतीक का ध्यान मुझ पर कम और अन्य लड़कियों पर ज्यादा रहने लगा था। इस बात से मैं

चिड़चिड़ी होती जा रही थी। मेरा यह चिड़चिड़ापन व गुस्सा, आग में घी का काम करता गया। पहले वह सिर्फ़ दूसरी लड़कियों के पास जाना चाहता था, उनका आकर्षण ही था। अब मुझसे दूर जाना चाहता था, मेरा विकर्षण भी उसे धकेल रहा था। मैं क्या करती? मैं चाहते हुए भी ऐसा करने से स्वयं को रोक नहीं पाती थी। जिससे प्यार किया, सब कुछ समर्पण किया वह दगा करे, यह कोई चुपचाप कैसे सहन कर लें? आज समझ आया रिश्तों का महत्त्व। उनमें प्रेम भले ही कम हो पर ज़िम्मेदारी का अहसास होता है। साथी अच्छा हो, बुरा हो, अनाकर्षक हो या हाथ पाँव टूटने पर असक्त हो जाए किसी भी परिस्थिति में साथ तो निभाना ही है यह अहसास उन्हें जोड़े रखता है।

ज़िम्मेदारी विहीन दैहिक आकर्षण का यह सम्बन्ध मेरे सारे प्रयासों के बावजूद तीसरा वर्ष पूर्ण होते होते दम तोड़ गया। यह टूटन मुझे गहरे अवसाद में ले गई। हताशा के इस दौर में, मन तो टूट ही गया था पर लगता था अब देह भी नहीं रहेगी, बिस्तर ही मेरी दुनिया थी। ऐसे में अस्पताल ले जाने, दवाईयों की व्यवस्था करने के लिए जितने भी यार थे, जान तक देने का दम भरते थे, सबको याद किया पर जिस किसी को याद किया, बहाना बना कर किनारा कर गया। तब सोचा सभी का असली चेहरा देख ही चुकी हूँ अब तरुण को भी आज़मा लिया जाए। टेलीफ़ोन किया, मैं बीमार हूँ और इस समय मुझे तुम्हारी आवश्यकता है। वह कुछ ही देर में मेरे पास था।

बिना कोई बहाना बनाए, क्या सोच कर पहुँचा, वो ही जाने पर मुझे लगा वह आज भी मेरे प्यार को भूल नहीं पाया है। इसे एक अवसर के रूप में लेना चाहिए। आशा की किरण दिखती है तो व्यक्ति बुरे हालात में भी हिम्मत कर लेता है। मैंने इस स्थिति में भी स्वयं को उसके सामने परोस दिया, एक-एक करके अदाएं कहें या नाज़-ओ-नखरे, पुरुषों को रिझाने की कोई युक्ति बाकी नहीं रखी पर प्यासी धरती जैसे सावन में मेघों से भरे अम्बर को अपलक निहारती रहती है और वे इससे निर्लिप्त अपनी ही गति से बिन बरसे चलते रहते हैं, कुछ वैसा ही हाल मेरा था। मेरा अप्रतिम सौन्दर्य जिसे पाने के लिए कितने ही लोग जान न्योछावर करने को तैयार रहते थे, उसे दावत दे रहा था पर निर्मोही कहूँ या निर्विकार, उसे कोई फ़र्क ही नहीं पड़ रहा था। ऐसा लग रहा था जैसे खरगोश के सामने गोश्त रख दिया हो, आया तब से लेकर अंत

तक बुत की तरह बैठा रहा।

मुझसे प्रेम नहीं तो आए क्यों ?

तुम क्या सोचती हो देह ही सब कुछ है ? जब तक उसका सौन्दर्य बरक़रार है, लोग सेक्सी और हॉट का ख़िताब दे रहे है तब तक जिसे तुम चाहो उसे प्रेम के लिए मज़बूर कर सकती हो। स्वार्थ और मोह में सौदे किए जाते हैं प्रेम नहीं। प्रेम तो स्वतन्त्र है, वह परिस्थिति सापेक्ष या किसी पर आश्रित नहीं। जब तक जीवित है, देह चलायमान है, पशु के लिए वह केवल भोग का विषय हो सकती है पर मानव जिसमें कोमल मन भी होता है, वहाँ रिश्ते या सम्बन्ध पहले है भोग आखिरी, यह बात तुम तब भी नहीं समझी थी और शायद आज भी नहीं।

शब्दों की चुभन कितनी तीव्र होती है, आज महसूस किया, भीतर तक भेद गए हैं। विशेषकर जब आप घायल होते हैं तब शब्दबाण सीधे घावों पर चुभ कर आपकी आँखें खोले देते हैं, सत्य से साक्षात्कार करवाते हैं। आज जब सब कुछ बिखर चुका, प्रतीक उकताकर चल दिया और छोड़ गया सिर्फ एक सूनापन, एक रिक्तता, तब समझ आया कि बिन्दिया और सिंदूर परतंत्रता नहीं। गुलाम तो हम तब होते हैं जब कोई बलात अपनी मन मर्जी थोपे परन्तु जब स्वेच्छा से हम किसी का आलिंगन करते हैं, उसके नाम का सिन्दूर मांग में सजाते हैं, बिन्दिया को ललाट पर लगा कर शीशे में निहारते हैं तो प्रियतम का प्रतिबिम्ब दिखने लगता है। यह किसी बल से नहीं केवल मन और समर्पण से ही सम्भव है। स्वेच्छा से एक-दूसरे को तन मन से समर्पित कर एकाकार होने से एक नए जीवन का सृजन होता है। जिसमें दो तन होते हुए भी एक मन है। जब एक ही मन है तो फिर कौनसा मन किस पर बलपूर्वक अधिकार करेगा ? सिंदूरी हो जाना तो दो मन का मिलकर एक मन हो जाना है, यह मानव जीवन की श्रेष्ठतम अनुभूति है। जो समाजशास्त्री विवाह को महज़ संतति पैदा करने या काम पूर्ति हेतु समाज द्वारा बनाया गया उपक्रम कहते हैं, वे शायद पशु और मानव में भेद नहीं कर पाए। सिंदूरी होने का यह सुखद अहसास सिर्फ मानव को मिला है। यह अलग बात है कि विरले ही इस आनंद को अनुभूत कर पाते हैं अधिकांश पशुवत ही जीते हैं।

कान्फ्रेंस

ये मेडिकल कान्फ्रेंस भी अजीब मेला है। गले में कार्ड लटकाए घूमते हुए हज़ारों लोग। उस भीड़ में एक दूसरे से कोई मतलब नहीं। असंख्य चेहरे हर चेहरे की अपनी मंज़िल। कोई अपने ज्ञान की पोटली को अहंकार के साथ लिए ग्राहक की तलाश कर रहा है। किसी को भोजन और मदिरा की गुणवता की चिन्ता सताती है। कोई आसपास के दर्शनीय स्थलों के भ्रमण को आतुर तो कुछ युवा, आँखों की शीतलता का इलाज़ ढूँढ रहे हैं।

ज्ञान का अहंकार था नहीं या यूँ कहूँ की अवसर और श्रोताओं, दोनों की अनुपस्थिति ने निरहंकारी बना दिया था। युवा मैं रहा नहीं, इसलिए आँखों की शीतलता के लिए मन अब अधिक भावुक नहीं होता। उम्रदराज़ होने पर खाना और पीना भी सुख देने की बजाय कष्ट का पर्याय बन जाते है। पूजा पाठ देवदर्शन मेरी रुचि भी थी पर आज इसे रुचि कहूँ या इतने सारे कारणों की वजह से विकल्प, जो भी हो मैं कांफ्रेंस द्वारा प्रायोजित उस बस का इंतज़ार कर रहा था जो मन्दिर दर्शन को जाने वाली थी।

बस आई, मैं एक सीट पर जाकर बैठ गया। तभी मेरी अवस्था की एक महिला ने एक युवती के साथ प्रवेश किया। मैं ठीक से पहचान तो नहीं पाया पर जाने क्यों उसमें अपनापन-सा लगा। उसके चेहरे पर एक विस्मित मुस्कान फैल गई। ऐसा लगा जैसे उसने बहुत कुछ हासिल कर लिया हो। मेरी तरफ़ लपकते हुए बोली डॉ.साहब आप? आज इतने वर्षों बाद, याद है....? मैं भूतकाल में डुबकियां लगा कर जानने की कोशिश कर रहा था, ऐसी आवाज़

जो अपनापन और अधिकार के साथ निकल रही थी....स्मृतियों के साथ काफी उधेड़बुन के बावजूद कुछ खोज नहीं पाया। वह फिर अधिकार के साथ बोली, अभी भी तुम्हारी भूलने की आदत नहीं गई ? तब भी मेरा क्या, तुम्हारा बर्थ-डे भी मुझे याद दिलाना पड़ता था। एक आदत सी हो गई थी, बुरा भी नहीं लगता था पर यह तो कुछ ज्यादा ही हो गया, तुम मुझे भी भूल गए। मैंने साथ खड़ी युवती की तरफ़ यह सोचकर देखा कि शायद उसे कहीं देखा हो और कुछ याद आ जाए। तभी महिला का ध्यान भी युवती की तरफ़ गया तो थोड़ी सी झेंप गई, बोली मेरी पोती है यह भी डॉक्टर है, इसी की ज़िद थी, तो मैं कान्फ्रेंस में आई वरना कई वर्ष हो गए घर से निकले। मेरे से ज्यादा तो शायद पोती समझ गई थी। वह बोली दादी अगर आप अंकल के साथ मंदिर दर्शन कर आओ तो मैं एक दो लेक्चर्स अटेंड कर लेती हूँ, आँखों की अनुमति पा नीचे उतर गई।

अब तक मेरी स्मृतियों पर छाए बादल भी छँटने लगे थे। उसे बगल वाली सीट पर बिठाया। तुम बिलकुल नहीं बदली ? वैसी ही इनफॉर्मल कोई लाग लपेट नहीं।

मुस्कराते हुए वह बोली, तुम भी तो कहाँ बदले ? वैसे ही अपने में मस्त रहना, किसी में कोई इंटरेस्ट नहीं, कुछ याद नहीं रखना।

वो तो ठीक है, इतने वर्ष हो गए तुम थी कहाँ ? विवाह में भी नहीं बुलाया, किया किससे ? अभी कहाँ है तुम्हारे पतिदेव ? किस शहर में रहती हो ? कभी याद भी नहीं आई मेरी ?

अरे अरे...मैंने कुछ गलत अनुमान लगाया, कितने बदल गए हो तुम। पहले तो तुम्हारे कंठ से एक शब्द निकले इसके लिए मुझे कितने प्रयास करने पड़ते थे और अब एक साथ इतने प्रश्न। लगता है कोई अच्छी बीवी मिली है वरना शादी के बाद तो अच्छे ख़ासे बोलने वाले लोगों की भी आवाज़ बंद हो जाती है पर तुम्हारी शुरू हो गई है, हा हा हा...

वही नौटंकी...तुम सच में नहीं बदली। अब इतने वर्षों बाद मिली हो, अपने बारे में कुछ तो बताओ, मुझे भी कुछ पूछो या बताने दो। ये बच्चों वाले जोक्स, मस्ती अब शोभा देती है ?

तुम्हें तो तब भी कहाँ शोभा देती थी ? गम्भीरता ओढ़े रहते थे। वो मैं ही थी जो भरी क्लास के बीच में भी गुदगुदी करके तुम्हें हँसने को मजबूर

करती थी।

वह सब ठीक है पर कम से कम अब तो बता दो कि ऐसा क्या गुनाह किया था मैंने ? जो तुमने फिर कभी बात नहीं करने का बोला और आज पचास वर्ष बाद तुम्हारी आवाज़ सुनने को मिली है।

''बताऊँगी पर पहले वचन दो कि तुम भी सच सच बताओगे।''

''मैंने तुमसे कभी झूठ बोला था ?''

''तो सुनो, तुमने वह कार्ड क्यों भेजा था जिसमें मुझे बहन लिख सम्बोधित किया था ?''

मैंने एक दीर्घ नि:श्वास लेकर छोड़ी, फिर बोला- ''तुम कितनी बेवकू.फ़ थी ? क्लास, बाज़ार, खेल के मैदान, रेस्टोरेंट, तुम कहीं भी कभी भी कितनी निर्भीकता से मेरे गले में हाथ डाल देती, चिकोटी काट लेती, तुम्हें भय नहीं लगता की सब लोग क्या सोच रहे हैं ?''

''सोचे तो सोचे, मेरी बला से, मुझे तुम अच्छे लगते थे, इसलिए जो मन में आता करती थी।''

''याद है, जब पूरी कॉलेज में अपनी चर्चा होने लगी थी तब भी तुमने कहा था, मुझे तो तुम्हारे साथ चाय पीने चलना है। मैंने टालने के लिए कहा था। मैं तो सड़क किनारे ढाबे पर पिला सकता हूँ, मेरे पास इतने ही पैसे है। तब ढाबों, थड़ियों पर कोई महिला नहीं जाती थी पर तुम हाथ पकड़ कर चल पड़ी। सड़क किनारे बैठ उस चाय को कितना एन्जॉय किया था तुमने। अगले दिन कितनी बातें बनीं पर तुम्हें शायद उन सब से कोई मतलब नहीं था।''

आम धारणा कि लड़कियों का मकसद होता है लड़कों के पैसों से ऐश करना के विपरीत अगली बार तुमने कुछ बोले बिना हाथ पकड़ा और लंच के लिए रेस्टोरेंट में ले गई। लंच के बाद जिस तरह से सैकड़ों लोगों के सामने तुमने बिना कुछ सोचे मुझे आलिंगनबद्ध कर धन्यवाद दिया तो लगा तुम किसी भी हद तक जा सकती हो और वह हद जहाँ तक मेरे समझ में आ रही थी दांपत्य के बन्धन पर आकर समाप्त होती।

उस काल में विजातीय विवाह का सोचना भी अपराध था फिर अपनी तो जाति, सम्प्रदाय सब कुछ भिन्न। हाँ मैं भी तुम्हें खोना नहीं चाहता था पर विवाह की सोच भी नहीं सकता था। वैसे भी मुझे कभी समझ में नहीं आया

की किसी को प्रेम करने के लिए दैहिक निकटता की क्या आवश्यकता है ? वह तो सिर्फ मन से किया जाता है, एक आत्मिक अनुभूति है तो फिर दैहिक मिलन, विवाह की अनिवार्यता मेरी समझ से परे थी।

फिर एक और घटना हुई। कॉलेज के एनुअल फंक्शन के समय तुम्हारा स्वास्थ्य ठीक नहीं था। तुम्हारे गानों के बिना कार्यक्रम तो होता पर उसमें जान नहीं रहती। सभी सहभागियों के आग्रह को तुम ठुकरा चुकी थी। अंतिम उपाय के तौर पर सबका कहना था, मैं तुमसे कहूँ तो मना नहीं करोगी। यह सब इतना अप्रत्याशित शीघ्रता से हुआ कि सभी के सामने तुमसे आग्रह करना पड़ा। लंबी बीमारी की वजह से तुम काफ़ी थकी हुई लग रही थी इसके बावजूद तुमने बिना कुछ सोचे हाँ कह दिया।

लोगों को ख़ुशी होती है कि दुनिया में कोई शख्स तो है जो उनकी बात नहीं टालता। उस व्यवहार से लगा जैसे मेरी हर बात तुम्हारे लिए वेद वाक्य है, पूरी आस्था के साथ तुम्हारी सहमति है। मुझ में इस विश्वास ने एक भय पैदा कर दिया, विश्वास से अधिक समर्पण का भाव लगा। मुझे लगा अब एक भी कदम बढे तो मित्रता मित्रता नहीं रहेगी, हमारे मध्य की दूरियाँ सिमट जाएंगी। विवाह की तरफ़ तुम्हारे बढ़ते कदमों को रोकने के लिए मैं जानबूझ कर उस कार्यक्रम में नहीं आया। बहन का संबोधन देकर वह कार्ड भिजवाया ताकि हमारा यह पवित्र स्नेह भी बना रहे और सीमाबद्ध होकर।

कुछ दिन बाद तुमने इतना ही कहा कि आज के बाद मुझसे बात मत करना। उस दिन के बाद, इन पचास वर्षों में न तुमने कभी कोशिश की और न ही मैंने।

तुमने कैसे सोच लिया की मैं तुमसे विवाह करना चाहती थी ? स्वयं ही निर्णय ले लिया ? यह सही है मेरे दिल में तुम्हारे लिए एक विशिष्ट स्थान था, इतना प्रेम करती थी कि तुम्हारे एक इशारे पर गाना तो क्या सबके सामने नाचना भी स्वीकार था मुझे। मेरा मन तुम्हारे साथ कुछ भी करना चाहता तो मैं उसे रोक नहीं पाती थी। सच पूछो तो मैं रोकना चाहती भी नहीं थी। मैं भी जानती थी विवाह सम्भव नहीं था फिर भी मैं स्वयं को रोकना नहीं चाहती थी। अपना सब कुछ मन और तन दोनों तुम्हें अर्पित करना चाहती थी। इसलिए नहीं की मुझे दैहिक भूख थी, वह होती तो पड़ोस और कॉलेज में ही सैकड़ों आँखें

अवसर की तलाश में रहती थी। इनके अलावा सड़कों, गली, चौराहों, हर जगह कोई कमी नहीं थी। फंक्शन में भी हां इसलिए किया कि कुछ देर तुम मेरी आँखों के सामने रहोगे पर जब तुम नहीं आए और कार्ड देखकर पता लगा की तुम जानबूझ कर नहीं आए तो और भी बुरा लगा। मैं तुमसे दूर, अलग रहने का सोचकर ही भयभीत हो जाती, पसीने से भीग जाती। इसलिए स्वयं को पूर्णत: तुम्हारे साथ एकाकार कर लेना चाहती थी, जहाँ तन या मन किसी के मध्य कोई दूरी न रहे पर तुमने ऐसा करने कहाँ दिया? तन को तो रोक लिया पर मेरे मन को रोक पाए? इन पचास वर्षों में, बात एक बार भी नहीं की, पीछे मुड़कर तुम्हारी तरफ़ देखा भी नहीं पर मैं जानती हूँ मन को कितना मारा है? कितना अत्याचार किया है उसे रोकने के लिए? काश, तुम उसे भी रोक लेते!

जब तुम स्वीकार कर रही हो इतने प्रयासों के बावजूद पचास वर्षों में तुम मन को नहीं रोक पाई यानि मन तो एकाकार हो ही चुका था। ऐसे में अगर तन को भी एकाकार हो जाने देते तब क्या होता? मैं सामाजिक धारणाओं की बात नहीं करता। दैहिक मिलन धर्म सम्मत है या अधर्म इस पर भी कोई राय नहीं रख रहा। फिर भी पूछता हूँ क्या इन्द्रियजन्य सुख की अनुभूति के पश्चात कोई देवता भी इस कीचड़ में पुन: उतरने से स्वयं को रोक पाया है? फिर हम अपने को छद्म सुख के जाल से, उस अनुभूति से कैसे मुक्त कर लेते? आसक्ति और मोह हमें और अधिक नहीं जकड़ लेते? हम किसी रमणीय स्थल पर जाते हैं उसकी स्मृतियाँ भी ताउम्र नहीं भुला पाते, तब दैहिक सुख के उस चरमोत्कर्ष को कैसे भूल पाते? उसके पश्चात सामान्य जीवन जीने की कल्पना अपने आप में बेमानी नहीं हो जाती? अपने माँ-बाप, पति, बच्चों से खुल कर कभी आँख मिला पाते?

उसे पहली बार मौन होते देखा। जिह्वा ही नहीं आँखें भी मौन थीं। बाँहों ने मेरे चारों तरफ़ घेरा बनाया और कन्धा गीला हो गया। धवल केशों के मध्य से झाँकती विशाल निश्छल आँखें जब बरस कर थक चुकी तो आभार प्रकट कर रही थी। यौवन के अल्हड़पन में जब तरुणाई कुलांचे मारती है तो लोग एक क्षण आगे कभी नहीं सोचते बस उस क्षण को जी लेना चाहते हैं और तुम तब भी इतनी गहराई में सोचते थे? मानो गीली पलकें पूछ रही हो शुक्रिया कैसे अदा करूँ? मेरा जीवन बचाने के लिए।

पूर्वाग्रह

कभी सास आवाज देती, बेटा बहुत दिन हो गए आओ मैं तुम्हारे सिर में तेल लगा दूँ तो कभी ननद हाथों पर मेहन्दी लगाती। कुछ सामाजिक परम्पराएं, नियम, अग्रजों की आँखों से होने वाली लज्जा की विवशता नहीं होती तो पतिपरमेश्वर आठों प्रहर उसे अपनी बाँहों में झुलाए रखते। जो कॉलेज, बाज़ार, मॉल, रेस्टोरेंट्स में दिन भर तितली की भाँति ख़ुशी की तलाश में मंडराती रहती थी वही कन्या सौभाग्यवती बनने के पश्चात अब घर में चारों ओर से बरस रही इस अनन्त ख़ुशी के साम्राज्य को छोड़कर कहीं जाना ही नहीं चाहती थी।

आज ससुराल में पहले जन्मदिवस पर रेस्टोरेंट में जाने का विचार आया पर पाँव छूते ही सास ने कहा बेटा अपने परिवार में परम्परा है कि इस दिन अनाथ आश्रम जाकर उनके साथ खुशियाँ बांटते हैं। उन्हें खाना खिलाते है। उसे बहुत अजीब सा लगा था। हालाँकि सास मातृवत स्नेह करती थी, पर कभी कभी ऐसी अजीब परम्पराएं उसे अच्छी नहीं लगतीं। अपने जन्म दिवस पर कोई अच्छी जगह दोस्तों के साथ धमाचोकड़ी मचाओ, खाना खाओ या अनाथों, दुखियारों के दु:ख में शरीक होकर सिर पीटो ?

उस घर में माँ ने समझाया था सास का आग्रह ही आदेश होता है। अत: उसका विधिवत पालन हुआ। इसके पश्चात प्रत्येक वर्ष जाना होता। सदैव की भाँति आज फिर पहुंचे तो उसकी तरफ़ आती एक महिला ने अचानक से

दुपट्टे से मुँह ढका और दुगने वेग से आई, उसी दिशा में भाग गई।

यह सब देख, भाग्या को चक्कर से आने लगे, पति के कंधे का सहारा न होता तो शायद गिर ही जाती। उसकी आँखों से टपकने वाले मोती गर्दन से नीचे जाते स्पष्ट महसूस कर रहा था शिव। उसे कोई रहस्य लगा उस लड़की में। वह उसका पीछा कर उसके बारे में जानना चाहती थी। दृष्टि पतिदेव की तरफ़ घुमाई, नयनों ने नयनों को आश्वासन दिया और अनुमति भी। वह उस महिला तक पहुंची। उसे देखा, मिली और मिलकर वापस आई तो भीतर से उद्विग्न पर ऊपर से शान्त थी।

आश्रम में का़फ़ी व्यस्तताओं के मध्य शिव ने पूछना उचित नहीं समझा परन्तु रास्ते में उसके बारे में जानने की कोशिश की, पर वह चुप ही रही। शिव जानता था, वह उलझनों से घिरी होती थी तब अकसर चुप हो जाया करती थी, फिर कितना भी पूछो उस कुछ नहीं बोलती परन्तु कुछ देर बाद स्वत: सब कुछ उड़ेल देती थी। आज भी उसने इंतज़ार करना मुनासिब समझा।

घर पहुँचे, दिन भर चिड़िया की भाँति चहकने वाली बहु को आज शान्त, चुपचाप, उखड़ी सी देखकर सास और ननद को भी संशय हुआ कि कोई घटना तो हुई है। उन दोनों ने अनेक बार पूछा, हंसी मज़ाक से, गम्भीरता से पूरी कोशिश की ताकि वह मन की बात बोले, पर आज न जाने उसकी जीभ पर कौनसा ताला लगा कि कोई भी चाबी नहीं खोल पाई।

शिव ने रात में एक बार फिर फिर अस.फल कोशिश की। उसके बाद देर तक दोनों विपरीत दिशा में मुँह करके सोते रहे और शिव को नींद आने लगी।

सुनिए... हल्का सा मधुर स्वर कान के भीतर गया तो उसे लगा स्वप्न देख रहा है, थोड़ा सा हिलकर वापस सो गया। सुनिए...मुझे नींद नहीं आ रही है.... इस बार थोड़ी ध्वनि की तेज आवृत्ति ने स्पष्ट कर दिया कि स्वप्न नहीं बल्कि उसके बगल में सो रही सुन्दरी ही आवाज़ दे रही है। वह निर्लिप्त भाव से उठकर बैठ गया, धीरे से उसका सिर अपनी गोद में रखा, बालों में कंघी की भान्ति अँगुलियाँ फिराते हुए बोला, कोई बात मुझसे छुपाकर तुम्हें नींद आएगी, ये निर्णय तो तुम्हारा ही था ना, अब क्या हो गया? उल्टी सोते सोते ही उसने कान पकड़ लिए। पैरों पर महसूस होने वाला गीलापन उसके नयनों से

निकलती अश्रुधारा का साक्षी था। सुबकते हुए बोली बात इतनी गम्भीर है कि क्या बताऊँ? कहाँ से बताऊँ? बताऊँ भी कि नहीं? उलझनें इतनी है कि कुछ भी सुलझ नहीं पा रहा, कुछ समझ नहीं आ रहा कि मैं क्या करूँ?

वह अब भी शान्त, उसी भाँति अँगुलियाँ फिराते हुए बोला। देखो भाग्या, भविष्य की अनजानी आशंका के भय से वर्तमान की अपनी निद्रा, सुख, चैन कब तक भेंट चढ़ाओगी? फिर तुम क्या सोचती हो सत्य छुप जाएगा? कोई कितनी भी कोशिश कर ले उसे अनन्तकाल तक छुपाना असम्भव है। जिसे तुम छुपाना चाह रही हो, वही सत्य कल किसी और के मुँह से मुझे और तुम्हारे सभी प्रियजनों को सुनने को मिलेगा तो सभी की क्या प्रतिक्रिया होगी कभी सोचा है तुमने? किसी और द्वारा पता लगे उसके बजाय स्वयं द्वारा स्वीकार किए गए गुनाह में क्षमा की सम्भावना सदैव अधिक रहती है। दांपत्य में वैसे भी कोई बात एक दूसरे से छुपाने की आवश्यकता लगने लगे तो सोच लो दोनों के मध्य दीवार की नींव खोदी जा रही है। इतना जान लो कि समय के साथ उस दीवार का पूर्ण होना अश्वयाम्भावी है। इसके साथ ही धीरे से उसके कपोलों को चूम कर चुप हो गया। उसके दार्शनिक प्रवचन का असर था या मौन स्नेहासिक्त अधरों के सम्बल का, पता नहीं, पर उस कंठ से ध्वनि निकलने लगी।

सुनिए...जब हम छोटे थे तब हमारे पड़ोस में एक कन्या थी। सौन्दर्य की देवी कहूँ तो कोई अतिशयोक्ति नहीं होगी। विवाह के पूर्व ही उसके पति को कोई और कन्या पसन्द थी परन्तु दोनों परिवारों के दबाव में वे दोनों इनकार नहीं कर पाए और उनकी अरेंज्ड मैरिज़ कर दी गई। ऐसी स्थिति में कुछ परेशानियाँ तो आनी ही थीं। ससुराल से पीहर आने पर वह उनमें और मसाला डाल अपनी दर्द भरी सारी कहानी दीदी को सुनाती। वैसे भी मीडिया में इतने समाचार देखने के पश्चात दिमाग में ससुराल का एक परिदृश्य उत्पन्न होता है, जिसमे एक नरभक्षी सास बाकी कल्पनानुसार ननद, जेठ, जेठानी, पति आदि दृष्टिगोचर होते है। इस साक्षात उदहारण के परिणामस्वरूप दीदी के अवचेतन मन में बनी वह परछाई जीवित हो उठी और धारणा बन गई कि अरेंज्ड मैरिज में ऐसा ही होता है। प्रेम विवाह में आपको प्रेम करने वाला इनसान आपका साथ देता है इसलिए ऐसा सम्भव नहीं।

दीदी के मन में अमिट स्याही में अंकित हो चुकी उन बातों की वजह से उनकी तलाश कब शुरू हुई और कब समाप्त कोई नहीं जानता पर दीर्घकाल से चल रही पिताजी की तलाश आप पर आकर समाप्त हो गई थी। पिताजी के सामने कुछ न कह पाने कि हिम्मत कहें या फिर यह जानते हुए कि उनको बताने से कोई समाधान निकलने की बजाय मामला उलझने के डर से, उन्होंने किसी को कुछ नहीं बताया। हमें तो बरात पहुँचने से कुछ पूर्व एक पंक्ति का पत्र मिला। जिसमें लिखा था सभी लोग क्षमा करना मैं जा रही हूँ और शीघ्र ही हम प्रेम विवाह कर लेंगे।

माँ-पिताजी को तो काटो तो खून नहीं, पहली बार मैंने अनुभव किया अचानक चेतन जड़ में कैसे परिवर्तित हो जाता है। वे दोनों शायद चेतनाशून्य हो चुके थे। बुआजी, ताऊजी, चाचाजी सभी उनकी तीमारदारी में लग गए। होश में आते ही उन्होंने मुझे आवाज़ दी।

''भाग्या...''

''जी पापा।''

मेरी आवाज़ सुनते ही उन्होंने मेरे पाँव पकड़ लिए, रुंधे गले से निकले शब्दों को तो ठीक से समझ नहीं पाई पर भाव यही था कि मेरी इज़्ज़त बचा ले बेटी, वो अब तेरे हाथ में है। पिता के अश्रुओं से पुत्री के पाँवों का प्रक्षालन हो रहा हो फिर भी कोई पुत्री उनके विरुद्ध निर्णय ले यह मेरे लिए तो सम्भव नहीं था। एक बार मन में ज़रूर आया कि दीदी की कही बातें सच हो गईं तो? मेरा जीवन? पर हृदय ने निर्णय दिया यह जीवन पिताजी को समर्पित कर दो। दीदी के स्थान पर मेरा विवाह आपसे सम्पन्न हुआ।

ईश्वर कि सौगंध खाकर कहती हूँ कि मैंने आपसे जीवन में इसके सिवाय कोई बात नहीं छुपाई पर इतना अच्छा पति और ससुराल पाकर मैं किसी भी कीमत पर खोना नहीं चाहती थी इस लोभ में यह बात छुपाए रखी। अनाथ आश्रम की उस घटना के पश्चात मैं विचलित हो गई, भीतर के मौन को शब्दों का रूप देने को आतुर, मेरा मन बेचैन था। अब चित्त कुछ शान्त महसूस कर रहा है। पति के चरणों में सिर तो था ही हाथों से पकड़कर बोली मुझे क्षमा कर दो।

अब बोलने कि बारी शिव की थी। यह सच है कि विवाह पूर्व मैंने या

मेरे परिवार के किसी सदस्य ने तुम्हारी दीदी को देखा नहीं था पर माँ उसका फोटो तो लाई थी। जिससे आपका विवाह होने जा रहा हो क्षण भर के लिए देखी उसकी धुँधली सी परछाई भी हज़ारों कल्पनाओं, स्वप्नों के द्वारा हमारे हृदय में चिरस्थायी हो जाती है और पलक झपकते ही उसे पहचान जाते है। तुम क्या समझती हो मेरा विवाह तुम्हारी दीदी के स्थान पर तुमसे हो गया और मुझे कुछ पता भी नहीं चला? बरात पहुँचते ही मेरे पिताजी के पाँव पकड़कर तुम्हारे पिताजी ने वही याचना की जो तुमसे की थी। बेचारा एक मजबूर बाप और कर भी क्या सकता था?

फेरे सम्पन्न होने के पश्चात मेरे पिताजी ने पूरी बात बताकर कहा बेटा जहाँ विवाह सम्बन्ध तय कर देते है वे दोनों घर परिवार एक हो जाते हैं। आज से समधी जी और मेरा दुःख, सुख, इज़्ज़त, आबरू एक हो गए। मैंने उन्हें हाँ कर दी पर क्योंकि तब तक तुम फेरों के लिए जा चुके थे इसलिए अब बता रहा हूँ। वचन दो तुम भी इस परम्परा को समझते हुए मेरी इज़्ज़त बनाए रखोगे। एक बारगी तो स्तब्ध रह गया था मैं, पर विवाह सम्पन्न हो चुका था और वैचारिक रूप से मैं भी पिताजी से सहमत था परन्तु इतनी बड़ी घटना से उपजे ज्वार को शांत होने में समय लगता है। यही कारण था कि जब तुम्हारा घूँघट उठाया तो ज्वार भाटा की वे लहरें पुनः हृदय को झकझोरने लगी और बहुत देर तक अवाक् बैठा रहा था।

याद है तुम्हे? फिर यह सोचकर कि इसमें तुम्हारा क्या दोष? बात भले बड़ी बहन के लिए हुई हो, विवाह तो हम दोनों का हुआ था। अग्निदेव के समक्ष जब तुम्हें पत्नि स्वीकार कर चुका तो तुम्हारे साथ अन्याय कैसे कर सकता था? उस क्षण से आज तक कोशिश यही रही कि तुम्हें महसूस भी नहीं होने दूँ।

दोनों अपनी बात कह चुके, पर अनाथाश्रम की रहस्यमय घटना शिव को अब भी भीतर से कुरेद रही थी तो पूछ ही लिया। हाँ शिव, सच में उद्विग्न करने वाली बात तो वही थी और मैं अपना ही दुखड़ा लेकर बैठ गई। उस दिन तेजी से वापस भागी वह महिला, और कोई नहीं दीदी थी। भीतर जाकर पूछा तो रो पड़ी।

बोली प्रेम विवाह के पश्चात दो तीन वर्ष तो सब ठीक चला फिर शायद

उसका जी भर गया या मेरे से अधिक पिताजी के पैसे में रुचि जाग गई। अब वो रोज़ रोज़ पिताजी से जायदाद में अपना हिस्सा माँगने की बात करने लगा। मेरे के लिए अब पापा को मुँह दिखाना भी सम्भव नहीं था और न ही उनके विरुद्ध कोर्ट में जाना। उस झगड़े का अन्त हुआ घर से निकल कर अनाथाश्रम में पहुँचने पर।

इनसान के साथ छल भाग्य करता है या उसके विचार कोई नहीं जानता पर अनेक बार वह छला अवश्य जाता है। तभी तो सीधी राह चलते चलते अचानक से वह मुड़ जाता है। मेरे इस अच्छे ससुराल के सुखमय जीवन के आनन्दोत्सव के असली हकदार तो दीदी थी पर उनका सब कुछ स्वाहा हो गया अरेंज्ड मैरिज़ के प्रति नकारात्मक पूर्वाग्रह से।

9 789384 419967